STORMKIND

Riana Scheepers

Tafelberg

Tafelberg,
'n druknaam van NB-Uitgewers,
'n afdeling van Media24 Boeke (Edms.) Bpk.
Heerengracht 40, Kaapstad 8001

Omslagontwerp deur Maryke Howard
Tipografie deur Full Circle
Geset in 11.5 op 16 pt Bembo

Oorspronklik gedruk in Suid-Afrika
ISBN: 978-0-624-08430-3 (Eerste uitgawe, eerste druk 2019)

LSiPOD: 978-0-624-08661-1 (Tweede uitgawe, eerste druk 2019)
ISBN 978-0-624-08431-0 (epub)
ISBN 978-0-624-08439-6 (mobi)

Hierdie boek word met deernis opgedra aan
die eerste inwoners van ons land, die Boesmans.
Hulle het 'n beskawingspeil gehad waarvan
ons maar net kan droom.

For oh, I know, in the dust where we have buried
The silenced races and all their abominations,
We have buried so much of the delicate magic of life.
Uit "Cypresses"
(*Collected Poems* van D.H. Lawrence)

1
Storm

Sy word wakker van die kletterende reën op die dak en die geloei van die wind. Verruk lê sy in die donkerte na die storm en luister. Die wind huil soos 'n wolf. Dit ruk aan die deure van die huis, dit blaas in die skoorsteen af. Die wind waai die as van die vorige nag se vuur soos 'n grys wolk in die vuurherd rond, pluk woedend aan die rame en die ruite van die plaashuis.

Dit is 'n verskriklike storm, 'n wind wat dit sal regkry om 'n huis se gewel te laat intuimel, skoorstene af te ruk, dakplate weg te waai. Hierdie wind sal 'n hele huis kan optel, met kaste en stoele en tafels en alles binne-in, ma en pa en kinders nog in hul beddens aan die slaap, en aan die ander kant van die berge gaan neersit. Reën en selfs 'n paar haelkorrels klap dof op die rietdak, die geute suis van die druising van baie water, die breë stoepe om die huis word oorspoel met die reënvlae.

Dit is 'n wonderlike nag. Dis 'n nag vir opstaan en buitentoe gaan. Sy sal sommer toelaat dat die reën haar wegvat saam met die rivier, dobberend oor die ronde wit klippe wat uit die berg loskom. Doller as kopaf sal die rivier haar vat, soos 'n mens 'n wilde perd ry. Of sy wil hê dat die wind haar optel en by die wolke inkatrol, tuimelend in groot bolmakiesies, saam met blare en lakens wasgoed en wit skaapvelle sneeu.

Hierdie storm beteken iets. Dit is 'n storm wat ánders is, sy voel dit so seker as wat sy ouma Lien se lappieskombers oor haar lyf kan voel. Maar wát?

Sy klim uit die bed en gaan staan voor die venster. Daar is weerligblitse wat die donker skeur, vreemd hier in die Boland, helder flitse lig en rammelende donderweer. Sy lig die skuifraam op. Die wind stoot in en druk haar nagrok teen haar lyf vas. Die gordyn word rondgepluk en raak nat. 'n Boek op die tafel wat ooplê se bladsye blaai om, asof 'n onsigbare mens daardeur blaai. Sy klim deur die venster en gaan staan op die stoep. Die uile se hoe is stil.

Raka, die rooi rifrug, verskyn van êrens uit die donker en kom staan styf teen haar. Hy druk sy groot kop onder haar hand in.

"Sjjjt, Raka, gaan lê, gaan slaap. Jy loop nie nou saam met my nie!" Sy vryf oor sy kop, frommel sy ore tussen haar vingers.

Kan ek nie maar saamgaan nie? vra hy mooi, maar hy sien sy wil hom nie saamhê nie. Nie vannag nie. Hy los haar. Net so stil as wat hy gekom het, verdwyn hy weer.

Haar hele lyf tril, nie van koue nie, van die heerlikheid van die storm.

Storm, noem die mense op die plaas haar. Stormkind.

"Nee, my allakragtie," sê haar ouma vererg. "Die mansmense in hierdie familie se naam is Storm. Julle gaan waaragtig nie 'n meisiekind ook nog só noem nie. Of sy nou van storms hou of nie, haar naam is Jana en dis 'n pragtige naam en ek praat nie weer hieroor nie, basta!" Alles in een asem.

Maar niemand luister na ouma Lien nie. Almal op die plaas noem die meisiekind Storm. Stormkind. As hulle onthou dat sy ook 'n ander naam het, noem hulle haar StormJana. Sy is OuStorm van Deventer van Stormkloof se kleinkind, KleinStorm van Deventer se dogter.

Moya, noem Ntuli, die stil man wat uit KwaZulu-Natal kom en in haar ouma se tuin werk, haar. Sy kyk op, hoor wat hy sê en verstaan hom. Ja, dit is sy. Moya. Wind.

Dit is hierdie wind wat haar nou roep.

Jana weet dat haar pa en ouma Lien se toorn om haar kop sal losbars as sy weer die pad vat en in die reën loop, maar sy kan haarself nie keer nie, die nag roep haar. Dit maak nie saak dat dit stikdonker is nie; sy ken die pad, sy sien goed genoeg in die donkerte.

Wat StormJana nie weet nie, nog nie, is dat sy so ver soos sy loop, met haar lang hare 'n blink draad spin. Terwyl sy loop, kom daar een of twee van haar rooi hare los uit haar kopvel en knoop hier en daar vas aan die struike, die bome, die heinings. Sy los 'n glinsterende spoor so ver as wat sy gaan.

In die wingerd sien Tarsis, Stormkloof se spookperd, haar aankom. Hy runnik saggies, kap met sy voorpoot teen die grond en skud sy kop sodat sy blonde maanhaar uitwaai oor sy nek.

Binne sekondes is StormJana sopnat, haar nagrok 'n nat vel teen haar lyf, maar sy voel nie die koue nie.

Kyk hoe maak my kaal voete spore in die grond, kyk na die kleur van water in die nag, ruik hoe soet is die wind, dink sy.

Sy loop deur die wingerd waar die druiwestokke hul koppe afbuig teen die reën, verby die spookperd van Storm-kloof wat sy kop na haar draai en haar stil aankyk, tot by die boonste weikamp. Sy loop tot by die olienhoutbos met die groot boom wat met sy knoetserige stam krommer as al die ander bome staan en bo almal uittroon. Dit is die oudste boom op die plaas, sê OuStorm, dit was reeds 'n stokou boom toe sý voorsate op die plaas gekom het. Die mense wat die geskiedenis van die Stormvallei ken, weet almal van dié boom. Dit word beskryf in die geskrifte van die reisigers wat hier verbygekom het, Burchell en Andrew Geddes Bain. Piet Retief, voordat hy koers gekry het oor die berg die binneland in, het die mense onder dié boom laat by-mekaarkom. Ouma Lien sê selfs lady Anne Barnard het 'n mooi klein tekening van die boom gemaak toe sy Storm-kloof besoek het, en dit was meer as tweehonderd jaar gelede.

StormJana gaan sit onder teen die boom se stam. Hoe stil is dit hier. Die surings op die grond maak 'n digte mat. StormJana se voete word suringgroen. Tjier, tjier ... sing die nag. Die boomblare ruis bokant haar kop. Die olienhout grom diep uit sy stam. Sy voel die rilling tot in haar rugmurg. Haar hart klop stiller. Sy ruik die reën en asem die wind diep in haar longe.

Sy weet iets gaan gebeur.

Hier. Vannag.

Eers toe die reën bedaar en die wind 'n bietjie gaan lê, is sy gereed om terug te gaan huis toe. Sy staan op, draai om na die boomstam. Teen die voet van die stam is daar nou 'n holte wat oopgespoel het in die reën. Dis 'n holte wat sy nog nie voorheen gesien het nie, sy wat elke dag van haar lewe hier by dié boom is.

Moenie, sê ouma Lien terwyl hulle deur die koel bos loop wanneer hulle piekniek hou, wanneer hulle met die bergpaadjie tussen die blommende proteas stap, terwyl sy waterblommetjies uit die dam pluk en dit vir Jana aangee om in haar mandjie te sit. Jana, my meisiekind, moenie jou hand sommer in enige holte druk nie. Moenie op jou knieë staan en jou gesig in erdvarkgate druk om te loer wat daarin is nie, moenie moenie moenie in vrot, hol boomstamme klim nie, moenie met jou hand voel wat binne-in daardie vrot boom se gat lê nie, wat daarbinne skuil, is slange en slym en skerpioene.

Maar StormJana gril nie vir slym nie en sy skrik nie vir slange en skerpioene nie. StormJana druk haar hand in die holte onder die boom. Daar is spinnerakke en verrotte blare en modder en water onder in die gat. Onder haar vingers voel sy 'n dooie skerpioen se karapaks, sade van die olienhoutboom, takkies en gruis en goeters wat lankal vermolm het. En 'n klip wat skielik koel in haar hand kom lê. Sy tel die klip op uit die gat en bevoel dit met haar vingers. Só 'n klip het sy nog nooit gesien nie, rond én hoekig met 'n skerp snypunt na onder. Dit is 'n groterige klip, maar die ronding met sy drie hoeke pas perfek in haar hand, asof dit vir haar hand gevorm is.

Sy loop terug huis toe met die klip, deur die nat weikamp en af met die modderige pad waar haar voetspore reeds opgevul het met water. Sy sien nie die glinsterspoor wat haar hare gespan het en waarlangs sy terugloop nie. Sy klim deur die oop raam van haar kamer, bly binne staan sonder om die venster toe te maak.

Tarsis die spookperd runnik tevrede en verdwyn in die nag.

Raka lig sy kop op, en skuif dan weer dieper in die rusbank se kussings in. Hy weet sy is veilig terug.

Die klip kry 'n staanplek op die breë houtplank van die vensterbank. Sy trek haar nagrok uit en laat dit in 'n nat hopie by die voetenent van die bed op die vloer lê, klim net met haar broekie in die bed. Toe sy die lappieskombers oor haar optrek, is haar lang, dik bos hare reeds droog.

Ek sal blaas en ek sal blaas tot ek jou huisie omblaas, grom die gruwelike wolf saggies oor haar kaal skouers en trek sy bek oop oor sy tande, maar sy glimlag vir hom en dommel heerlik in die sagtheid van haar donskussing en verekombers. Sy hoor nie hoe die oudste boom op die plaas diep uit sy stam begin kraak nie en 'n paar sekondes later met 'n blaargedruis en brekende takke sy wortels uit die aarde skeur en met 'n verskriklike slag omval en sidderend tussen die ander olienhoute bly lê nie.

StormJana droom.

2
Droom

StormJana droom van fluitmusiek wat oor heuwels weer-
klink, van die see wat teen rotse slaan, van 'n kind wat saam
met haar hardloop om te kyk hoe die branders daar doer
onder teen die rotse slaan. StormJana droom dat sy en die
kind, 'n dogtertjie bruin soos klip, mekaar se hande vat en
van die krans afspring. Hoog vlieg hulle deur die lug, sweef
liggies na onder. Maar hulle kom nooit tot heel onder nie.
Hulle hang halfpad stil in die lug, want kyk, iets het hul
aandag getrek, iets sit vas in die skeur van die krans.

3
Klip

Jana se pa maak haar wakker met 'n beker rooibostee wat hy vir haar bed toe bring. Hy sien die klam bondeltjie nagrok op die vloer. Hy skud sy kop, glimlag moedeloos.

KleinStorm van Deventer het al lankal opgehou om sy kind in die huis te probeer hou. Hoe hou 'n mens 'n kind binne wat nie binne kan bly nie? Bedags of snags kies sy koers. Sy loop waar sy wil. Hy het al alles probeer: luike wat van buite gegrendel word, deure wat gesluit word, waterkomme voor haar bed met die hoop dat sy in die water sal trap en wakker word, boererate van warm melk met wilde heuning, boegoe wat saans op haar bors en rug ingevryf word. Niks het haar nog gekeer om snags rond te loop nie. Al die gekarring en vermanings maak haar net meer onrustig. En opstandig. Angstig is hy wel oor dié lopery in die nag, snags lê hy ure lank wakker om te hoor of sy uitgaan.

Dit gebeur nie gereeld nie, maar altyd op die onhebbelikste tye, wanneer geen sterfling dit buite sal waag nie. Op stormnagte kan niks die kind binne hou nie.

'n Wilde kastaiing van 'n dogter het hy, 'n nagloopkind, 'n windverwaaide stormkind. Daarmee moet hy vrede maak. Hou haar vas en probeer haar inperk, dan word sy buierig en begin haar duim suig, dan is sy Storm. Los haar uit en laat haar loop, dan is sy gelukkig en vrolik, die duimsuigery vergete, dan is sy Jana.

Sy het nog nooit iets oorgekom as sy so rondloop nie, dank die Vader, maar hoe maak mens só 'n kind groot?

Hy gaan sit by haar op die bed, vou die lappieskombers en lakens weg.

"Jana?"

Jana word wakker en kruip in haar pa se arms in. Hy ruik haar hare, haar warm vel, sien die sproetjies op haar neus. Sy hart krimp ineen.

Hy sit by haar terwyl sy die beker tee in haar twee hande hou en saggies daaroor blaas.

"Waar het jy gisternag oral rondgeloop, Ounooi?"

"Pappa, dit was só mooi, die reën, die wind ... die storm het bolmakiesie geslaan oor die plaas!"

"Ek weet. Dit was 'n verskriklike storm. Die plaas lyk bietjie sleg vanmôre, daar lê takke en blare die wêreld vol. Ek moet nog gaan kyk of daar ander skade was. Ek hoop nie 'n boom het op die wingerd omgeval nie."

Sy begin die tee met klein slurpies drink.

"En dit? Waar kry jy dit?" Storm staan op en tel die klip van die vensterbank af op. Hy draai dit al in die rondte, bekyk dit van alle kante, weeg die klip se gewig in sy hand.

"Dis my boomklip, ek het dit gisternag gekry."

"Wat is 'n boomklip?"

"Ek het dit gisternag by die boom gekry."

"Weet jy wat dit is?"

Jana skud haar kop. Dis 'n klip, haar boomklip.

"Dit is baie meer as net 'n klip, Jana, dis 'n klipwerktuig. In die Steentydperk het hier baie mense in die berge om Stormkloof gebly, eers die oermense en toe later ook die Boesmans wat ook dié klippe gebruik het. Hulle was slim genoeg om 'n klip met 'n ander klip net reg te kap en dit te gebruik as 'n mes of 'n skraper of 'n byl. Jy kan maar sê dit was hulle gereedskap. Dis mooi, nè?"

Jana se pa kantel die klip in sy hand en wys vir haar die drie hoeke van die klip. "Kyk hoe het hulle die klip gekap: hier, eers hier, en toe hier, net reg om perfek in jou hand te pas en die skerp kliplemme te kan gebruik." Hy vat die leë beker uit haar hande en sit dit op die bedtafeltjie neer. Hy vou die klip in haar regterhand toe, die skerp punt na onder.

"Met die dun snykant aan hierdie kant van die klip – voel jy? – kon 'n mens iets sny of skraap, en met die skerp punt hier onder kon jy iets stukkend kap of fynkap." Hy druk saggies die klip se skerp punt in haar ander handpalm om te wys hoe dit gedoen is. "Jy het 'n waardevolle kuns-werk opgetel, Jana! Wat gaan jy daarmee maak?"

"Hou," sê StormJana. "Dis nie 'n kapklip of 'n snyklip nie, dis my boomklip."

Toe haar pa uit die kamer loop, lê sy terug in haar bed. Sy druk die klip styf teen haar oor vas, soos mens met 'n skulp maak. StormJana hoor die gesuis van water in die klip se stilte, 'n groot waterval wat van 'n vreeslike afgrond afstort; sy hoor die suising van wind deur die bome.

En die soet, hoë note van 'n fluit.

4

!X'uri

"Nou ja toe," sug ouma Lien, "daar het die oudste boom op die plaas toe uiteindelik omgeval. Ek het gewonder of ek dit in my leeftyd sal sien. Daar is mense wat sê die boom was meer as vierhonderd jaar oud, maar hoe sal ons regtig weet? Ek is nogal hartseer; dit was 'n pragtige boom." Sy kyk na Jana wat by die kombuistafel sit en 'n bakkie hawermoutpap met heuning eet. "Jy bly weg van daardie boom, Jana, my meisiekind, dis gevaarlik. Die takke lê die wêreld vol en daar is slange."

Ouma Lien dreig altyd met slange as sy vir Jana wil weghou van 'n plek.

Die slange wat Jana al op die plaas gesien het, het haar nog nooit bedreig nie. Hulle het skigtig tussen die fynbos en die blare weggekapel as sy naderkom. Sy was nog nooit bang vir hulle nie. Slange is lieflike diere met geruislose, gladde velle en klinkende name. Nagadder, rinkhals, koperkapel, kobra. Geelslang, glinsterslang, glipslang, weg.

Ouma, ek is nie bang vir slange nie! Maar sy sê dit nie, want dit is nie wat haar ouma wil hoor nie.

En natuurlik bly Jana nie weg van die boom nie. Gelukkig is dit nie nodig vir die werksmense om enige iets op te ruim nie. Die olienhoutbos is ver van die plaas se kragdrade en geboue. Dit het nie 'n skuur se dak of 'n trekker of 'n waterpyp verpletter nie. Die omgevalle stam lê diep vasgestamp in die nat grond en surings. Met die val van die boom het 'n paar kleiner olienhoute naby hom ook in die slag gebly. Later sal 'n paar manne met petrolsae en byle kom en die grootste takke wegsny om die bome oop te maak wat onder die ou boom se stam vasgeknel word.

Die plaas se grootste boom het geval soos die natuur dit voorgeskryf en bepaal het; daar waar hy lê, daar lê hy nou. Vir altyd.

Jana loop vroegoggend terug op haar spore van die nag, Raka die Rooie al om haar hakskene. Daar het van haar voetspore nie veel oorgebly nie; dit is amper weggespoel deur die reën.

Weet Jana dat haar spoor nooit kan wegspoel nie?

Die glinstering van haar rooi hare, daar waar sy gisternag geloop het, blink in die oggendlig, maar sy sien dit nie. 'n Flentertjie rooi lint wapper hier en daar aan 'n wingerdstok, 'n stukkie het onder teen 'n skurwe klip bly lê, aan 'n struik vasgehaak, om die keiappel se dorings vasgeknoop.

Weet StormJana dat sy nooit sal verdwaal nie?

Nee.

Die reën is verby, maar die lug is nog steeds vol water-druppels. Sy asem dit in. Dit drup soos korreltjies son, ver-damp op die fyn gouddraad van Jana se hare. Niemand behalwe haar pa weet dat sy buite was nie. Maar die boom en die uile onthou dit nog.

StormJana loop in haar slaap, dit weet almal op die plaas;

sy loop in haar slaap én sy loop as sy wakker is. Gisternag in die storm het niemand haar gesien loop nie. Sy was nie vir die wingerdwerkers 'n grys fantoom uit die ouhuis of vir Ntuli die Zoeloe 'n tokkelos ver van die vuur nie.

Die bos lyk geheel en al anders sonder die boom wat so 'n groot deel van die lugruim gevul het. Die olienhoutbos is nou 'n ander landskap, 'n landskap met 'n oop wond. 'n Gapende spelonk is in die aarde geruk waar die boom se stam geanker was. Die holte onder die boom waar sy gisternag haar klip gekry het, is weg; dit het heeltemal oopgebreek toe die boom omgeval het.

Sy staan lank en kyk na die afgebreekte boomwortels wat soos 'n hand met krom houtvingers in die lug staan. Die reën het die meeste van die los grond tussen die wortels weggespoel, maar tussen die uitsteeksels sit nog steeds grond en 'n paar groot klippe vas. Hoeveel jaar het die wortels kans gehad om sulke groot klippe vas te groei? Driehonderd jaar? Vierhonderd?

As sy gisternag bly sit het waar sy was, sou niks met haar gebeur het nie. Sy sou veilig gewees het, die boom het na die ander kant toe omgeval. As sy bly sit het, sou die stam wat losgeskeur het uit die aarde, haar net opgeskiet en in die lug gegooi het. Baie minder as 'n klip weeg sy, sy sou soos 'n vallende ster deur die lug getrek het. Of soos 'n disselsaad gesweef het, haar nagrok wyd gepof om haar soos 'n valskerm.

Waar sou ek geland het? dink StormJana.

"Presies waar jy nou staan."

Die klein bruin meisietjie sit bo-op die omgevalle stam, haar knieë tot onder haar ken opgetrek. Sy het net 'n klein gai-velletjie aan haar plankielyf. Dit hang tussen haar op-getrekte bene en maak haar skulpie netjies toe. Haar bolyf is kaal. Sy het 'n stringetjie wit krale om haar nek. StormJana se oë rek. "En wie is jý?"

"Ek is !X'uri. Dit is my boom wat hier geval het."

"Myne ook," sê Jana, "ek sit snags onder hierdie boom."

"Ek weet," sê !X'uri en skuif effens opsy sodat Jana al met die dik wortels kan opklim en langs haar op die stam kan kom sit.

Raka die Rooie draf tussen die bome weg, snuffelend in die onderbos.

"Ek het van jou gedroom vannag, !X'uri," sê Jana. "Ek het gedroom jy slaap onder die boom. Ek het gedroom jy word wakker en klim onder die boom uit en kom sit op die boomstam en wag vir my. En ek het ook gedroom ek en jy spring by 'n krans af en vlieg."

"Ek weet. Dis hoekom ek hier is. Jy is Storm."

"Ja."

"Jy het gisternag my klip gevat."

"Jou klip?"

"My klip wat saam met my onder die boom was."

"Ek het nie geweet dis jou klip nie."

!X'uri se gesiggie skroef op in honderde klein plooitjies, sy lag asof iets baie snaaks is.

"Dis my klip. Ek het dit al baie, baie lank. Maar jy kan

dit vir 'n rukkie hou, ek gee nie om nie. Ek sal vir my 'n ander klip kry, ek weet waar ek een kan kry. Jy kan saamkom as ek daarheen gaan."

Jana sien !X'uri se plat neusie, die sagte botterbruin kleur van haar vel, die ogies wat met vriendelike skrefies lag.

"Waar kom jy vandaan, !X'uri?"

"Van onder die boom se wortels af, uit die gat in die grond."

"Gisternag? Ek was ook hier."

!X'uri knik. "Ek het geweet jy sal kom."

"Hoekom het ek jou nog nooit hier gesien nie?"

"Ek het gewag vir die storm. Jy sien my nou."

"En waar bly jy?"

!X'uri wys met haar hande om haar. "Hier. Ek bly nog altyd hier. En daar." Sy wys met haar hand na die bergpieke van die Hawekwaberge. "Daar."

Jana tel die bergpieke wat bokant hulle uittroon en in skerp profiel teen die bewolkte lug uitstaan. Sewe pieke. Die sewe mooi susters van die Hawekwa, soos die mense van die Stormvallei dit noem. Sneeukop, Horlosieberg, en dan die Sewe Susters in 'n halfmaan om Stormkloof.

"Hoekom het jy nou eers gekom?"

"Omdat dit nou tyd is."

"Vir wat?"

"Om jou ma te soek."

5

Deidre O'Donnell

Deidre O'Donnell ontmoet vir KleinStorm van Deventer in Ierland. KleinStorm is deel van 'n Suid-Afrikaanse koorgroep wat eers in die groot stede van Europa, en toe in Ierland gaan sing.

KleinStorm sing nog sy lewe lank. Op skool het die sangjuffrou sy sterk basstem gehoor en besluit hy moet sing. Alleen sou KleinStorm nie sommer sing nie, daarvoor was hy te skaam. Maar toe hy eers besef dat niemand eintlik na hóm kyk nie, hulle kyk na die koor as geheel, het iets wonderliks met hom gebeur: Hy het begin om sonder skaamkry te sing. Hy het koue rillings van lekkerte gekry as hy hoor hoe sy stem baie stemme word. Sy eie diep stem het saamgesmelt met die ander basse, die suiwer tenore, die donker alte, die helder soprane. Hulle het almal saam één stem geword. Ná universiteit, waar hy lid was van die universiteitskoor, het hy weer aangesluit by 'n amateurkoorgroep. Om te sing maak die vreugde in hom los.

Die koorleier van die groep, 'n man met swaaiende hande en 'n bos deurmekaar hare soos Beethoven, het 'n passie vir volksmusiek. Hy is 'n afstammeling van die Iere wat reeds 'n eeu gelede na Suid-Afrika geëmigreer het. Dit is hy wat gesê het geen mens het al gesing as jy nog nie in

Ierland gesing het nie. Die Iere, sê hy, sing die groot verlange tot in jou siel.

Deidre is die fluitspeler in die orkes wat die Ierse koor van die provinsie Connacht begelei.

Storm sien haar tussen die ander musikante. Hy kyk na haar hande, haar welige rooi hare, die kurwe van haar nek en skouers as sy haar fluit oplig tot teen haar mond. Soos 'n swaan, dink hy, sy is so mooi soos 'n swaan as sy haar fluit speel. Hy luister na die musiek wat sy maak. Hy luister veral na die klank van haar stem en haar lag toe hulle aan mekaar voorgestel word. Dit is die mooiste geluid wat hy nog ooit gehoor het. Met moeite bedwing hy hom om aan haar hare te vat.

Hy luister ook na sy hart.

"Die mooiste vrou in die hele wêreld het my aangelok met haar fluit, en toe strik sy my in haar hare vas," sê Storm vir sy ma toe hy weer terug is op die plaas. "Haar naam is Deidre O'Donnell. Ek het my hart verloor, Ma. Sy is die vrou wat ek wil hê."

"My kind, sy bly baie ver. Hoe sal sy hier by ons aanpas?" probeer sy ma keer.

"Sy sal, Ma, as sy my ook liefhet."

"Die Iere is nes ons, Storm, hulle is passievolle mense wat met hul bloed aan hulle aarde kleef. Sal sy nie altyd verlang na haar land en haar mense nie?"

"Ons sal haar mense word, ek sal vir haar 'n nuwe land gee."

KleinStorm werk barstend van onrus en verlange deur

die parsseisoen en gaan vroeg in April, toe die wyn veilig in die vate is, terug Ierland toe. Na die klein kusdorpie Baile Uí Fhiacháin, die Plek van die Rawe, daar waar Deidre bly, om die vrou wat hy nie kan vergeet nie, te gaan soek.

Hy kry haar in die dorpie waar sy bly. Hy kuier by haar en leer haar familie ken. Hy en Deidre reis 'n week lank deur Ierland. Hulle loop saans in die stegies al agter die geluid van musiek aan tot hulle die musikante in 'n restaurant of 'n pub kry. Deidre se fluit is altyd by haar. Soms val sy in by die musikante wat met mandolien, viool, kitaar en fluit musiek maak tot lank ná middernag.

Hulle eet in klein restaurantjies van die hawedorpies waar hulle bly, drink Ierse koffie. Deidre bestel haar koffie sonder suiker. Sy eet die dik room op die koffie met 'n teelepel af voordat sy dit drink en lag vir sy geskokte oë.

Ná 'n maand kom Deidre saam met hom terug, 'n jong vrou met vlammende rooi hare en skerp blou oë. Sy bring die fluit saam waarmee sy die onrus en die verlange in Storm se hart gefluister het.

Storm se ma haal die klomp losgoed uit wat in die jonkershuis op Stormkloof staan en pak dit op die solder van die groothuis. Sy maak die huisie van hoek tot kant skoon, laat die vuurherd nuut uitwit en pak 'n stapel stompe vir die winter in 'n groot krat langs die herd. Die klein kombuisie word met mooi ou borde, koppies en messegoed en 'n paar potte en panne toegerus. Die bed word opgemaak en ekstra linne en komberse in die houtkis gepak, alles sodat die meisie uit Ierland haar eie klein huisie kan kry om in te bly tot sy besluit het wat sy wil doen. In die stilligheid wens Lien dat haar skoonma dit vir háár gedoen het in die dae toe sy, 'n plaasmeisie uit die Karoo, skaam en onkundig hier op die plaas aangekom het, toe daar nie vir haar 'n eie huis of genade was nie.

Ouma Lien ontmoet vir Deidre en verstaan waarom haar seun dié vrou gekies het. Deidre kyk haar reguit in die oë. Haar glimlag is warm en spontaan.

"Jy is welkom by ons, Deidre," sê sy vir die meisie. "Stormkloof sal ook jou plaas word as jy by my seun wil bly. Leer ken die plaas en onse maniere van doen op jou eie tyd. Ek hoop jy is gelukkig hier, my kind."

Deidre lê snags in die koperkatel en luister na die uile. Sy kyk op na die naglug en sien die Suiderkruis en die Melkweg se miljoene sterre. Sy luister na wat haar hart vir haar sê en sy luister na wat haar verstand sê. Dit sê twee verskillende dinge. Die een sê: Bly; die ander een sê: Jy kan nie bly nie.

Sy sien hoe die druiwe van die vorige parsseisoen wyn word. OuStorm en KleinStorm leer haar wyn proe, hoe om 'n wynproe aan te bied. Sy is nie meer net 'n besoeker nie, sy begin in die kelder werk en laat die besoekers aan die kelderwyn proe en koop. Almal op die plaas raak op haar verlief, op haar oë wat skitter, haar uitspraak, haar hande wanneer sy 'n glas wyn ophou teen die lig, donkerrooi soos robyne.

Sy gee 'n fluituitvoering in 'n klein saaltjie vir die mense op die dorp. Hulle gaan laataand huis toe, maar die hele nag hoor hulle nog die note van haar fluit weerklink, die me-lancholiese volkswysies uit 'n ander land. Hulle harte klop met die verlange en skoonheid daarvan.

Deidre se wit Ierse vel word bruin in die buitelug terwyl sy saam met Storm op die plaas en in die wingerde loop. Haar hare skroei rooier, ook die sproete op haar neus en arms.

Sy word mooier.

Haar hart en haar verstand begin dieselfde ding sê.

Saans, as sy en Storm voor die vuurherd in die jonkers-huis sit, haal sy haar fluit uit en speel vir hom. Soggens, as die dag sonder wind of reën is, stap sy met haar fluit die bergpad uit en gaan sit op 'n rots waar sy Stormkloof en die hele Stormvallei kan sien. Die mense van alle uithoeke in die vallei hoor haar musiek en staan stil om te luister. Sy hou hulle almal in haar web van note vas, selfs dié wat vir KleinStorm spot oor sy uitlandse meisie.

Vyf maande later, toe die akkerbome weer begin bot ná die winter, sê haar hart en haar verstand dieselfde ding.

Sy gaan terug Ierland toe. Vir oulaas, om vir haar mense te gaan sê sy gee haar hart en haar lewe vir die man uit Afrika, sy gaan terugkom na hom toe om met hom te trou.

Storm gaan haal haar weer op haar groen eiland, hierdie keer met álles wat sy wil saamneem uit haar eie land.

Deidre se beneukte ma, Katherine Jane O'Donnell, mor omdat Deidre op 28 jaar nog te jonk is om te trou, dis haar laatlam wat haar op haar oudag moes oppas. Sy kla oor die warm woestyne en die Engelse in Suid-Afrika. Afrika is nie 'n land vir beskaafde mense nie, dit is 'n land van barbare en dorpe waar leeus in die strate rondloop om jou op te vreet, hou sy voet by stuk. Uiteindelik gee sy wel nukkerig en heimlik gelukkig haar toestemming en sluk 'n halwe glas whiskey sonder water weg.

Storm en Deidre raak verloof êrens op die hoë kranse bokant die see, naby die ruïnes van Burrishoole Abbey.

"Ek gaan die spoke van die monnike hier mis," sê Deidre en huil 'n bietjie teen Storm se bors, "ek speel altyd my fluit vir hulle: hulle luister na my, hulle hou daarvan."

"Daar is oorgenoeg spoke op Stormkloof wat van jou fluit sal hou," troos hy.

Weet Deidre dat sy weer vir die spoke van Burrishoole Abbey sal speel?

Nee.

Want Deidre is nou te verloof en te gelukkig.

6

Huwelik

In die somer van dieselfde jaar trou Storm van Deventer met Deidre O'Donnell, die meisie uit Baile Uí Fhiacháin, die dorpie aan die weskus van Ierland waar die rawe nesmaak in die ruïnes van die ou kloosterkerk. Deidre se suster Muriel en haar broer Keegan, beide ouer as sy, kom Boland toe vir die geleentheid.

Deidre se ma kom nie saam nie. Katherine O'Donnell kry te koud en is te sieklik vir die lang reis na 'n vreemde land. Sy het reeds kort ná die verlowing haar eie trourok met die kleur van dik room aan haar dogter gegee en met 'n halfkwaai brom en goedkeurende knik haar kind aan die man uit Suid-Afrika afgegee. In haar oë is hulle reeds getroud.

Op Stormkloof word die groothuis se gastekamers en die jonkershuis se beddens opgemaak met varsgestrykte linne, die ruite gewas, die werf en die stoepe gevee, die glase en die koper gepoets vir almal wat van ver kom, maar veral vir die Ierse familie. Hulle drink die hele tyd vrolik wyn, kyk met groot oë na alles en lag vir alles wat so vreemd en wonderlik is. Hulle is tevrede met die plek waar hul suster gaan bly, gelukkig met die man van haar keuse.

KleinStorm van Deventer beloof sy lewe en trou aan sy

Ierse bruid in die klein wit kerkie op die plaas. En sy aan hom, haar bruidegom, met haar eerste woorde in Afrikaans.

Vandag nog praat en skinder die mense oor wat daardie dag in die kerkie op Stormkloof gebeur het. Want nét na die huwelik bevestig is, nog steeds voor die preekstoel, net daar voor die predikant en al die mense, begin Storm die haarnaalde uit sy bruid se kapsel haal en maak haar hare los. Die gaste in die kerk snak saggies na asem, begin senuweeagtig lag en bloos oor die intimiteit van wat voor hul oë gebeur. Deidre se hare kartel soos 'n elektriese storm om haar gesig en sak af tot in haar middel.

Ek het jou lief, sê Storm.

Ek het jou lief, sê Deidre, met haar Ierse aksent. Almal in die kerk sien dit is die waarheid.

7
Geboorte

'n Bietjie langer as 'n jaar later, in April, word Storm en Deidre se liefdeskind gebore. 'n Dogtertjie met fyn sproetjies op haar neus en 'n verskriklike bos rooi hare. Katherine Jane van Deventer word sy gedoop. En word terstond "Jana".

En drie jaar later, toe haar ma wegraak, word sy Storm-Jana.

8

Katherine Jane

Toe Jana drie jaar oud is, gaan Deidre terug Ierland toe om afskeid te neem van haar ma.

Oud en bleek en met 'n vel soos gerimpelde boombas, maar steeds met 'n kop vlamrooi hare op 'n wit kussing en beneuk soos altyd, lê Katherine Jane O'Donnell in haar antieke eikehoutbed. Sy gaan stadig dood, maar nie saggies nie. Haar slepende siekte gaan gepaard met hoes en spoeg en swakheid wat die opvlieënde vrou van eens tot raserny dryf. Sy kan nie opstaan en loop en skel en hemel en aarde beweeg nie, sy kan niks doen nie. Shyte! spoeg sy in die enemmelslopemmer wat Muriel langs die bed neergesit het. Sy lê kragteloos en kwaad in haar bed wat oorgetrek is met die linne wat sy nog as jong meisie met die hand geborduur en in haar bruidskis gebêre het.

Wat makeer ouma Katherine? Hoe sal Jana weet? Jana is drie jaar oud en bly agter in die sorg van haar pa, ouma Lien en OuStorm. Haar ma klim op die vliegtuig en gaan Dublin toe.

In Dublin klim Deidre op 'n trein wat haar na haar ouerhuis toe vat. Jana se oom, Keegan O'Donnell, kom haal sy suster op die stasie en vat haar na die klein wit huisie met sy grys leiklipdak in Baile Uí Fhiacháin, terug na die rawe en die monnike se spoke en die ou vrou Katherine Jane se sterfbed.

Jana van Stormkloof huil drie nagte oor haar ma wat weg is, sy suig haar duim en slaap snags in 'n warm holtetjie tussen ouma Lien en OuStorm in hul katel. Bedags as sy moeg gespeel is, raak sy aan die slaap teen die blad van Raka die Verskriklike wat haar slaafs oppas. Hy wag geduldig totdat sy wakker word voordat hy opstaan en sy lyf uitrek. Raka die Wraka, wat nooit blaf nie, maar tande wys vir almal wat op die werf kom. Hy grom wanneer iemand naby hom kom, maar nooit vir Jana nie. Sy kan maar aan sy ore trek en op sy rug klim, tussen sy pote deurkruip en in sy bek na sy tong en wrede tande kyk. Hy staan doodstil en laat alles toe wat sy aan hom doen. As sy by hom is, is hy nie Raka die Wraka nie, hy word Raka die Sagte, Raka die Oppasser, Raka die Held.

Jana besef nooit dat haar ma wegraak nie.

Haar ma gaan weg en kom nooit weer terug nie.

Maak nie saak hoe die mense in die Vallei skinder oor die beeldskone Ierse vrou en haar kortstondige huwelik met KleinStorm van Deventer nie, sy bly weg.

9
Weg

Kort ná ouma Katherine se dood, kort ná die tradisionele begrafniswaak met baie whiskey en trane en Ierse grappe, kort ná die begrafnis in die klipperige grond van die begraafplaas, verdwyn Jana se ma. KleinStorm van Deventer se Ierse vrou wat hy liefhet meer as homself, selfs meer liefhet as Stormkloof se grond, verdwyn van die aardbol af.

Wat het geword van Deidre O'Donnell-Van Deventer?

Niemand weet nie. Nie eens haar eie Ierse mense nie.

Niemand kon voorsien wanneer Katherine sou sterf nie, daarom bespreek Deidre nie haar terugvlug op 'n vaste datum nie. Eers toe die begrafnis verby is, bevestig sy haar vlug vir 'n week later en begin saam met Muriel hul ma se sake en besittings opruim. Dit is nie moeilik nie; Katherine se sake is eenvoudig en haar besittings min. Alles is eintlik reeds beredder. Muriel en Deidre praat baie en lag baie terwyl hulle die kaste leegmaak en uitsorteer en skoonmaak en regpak. Hulle praat oor hul liewe, kwaai ma en hul lewens en die toekoms. Deidre vertel van haar lewe in Suid-Afrika. Sy is gelukkig, sê sy, sy het 'n liewe man, 'n pragtige kind, selfs 'n skoonma wat wonderlik is. Muriel vra: "Wat kan jy meer in die lewe wil hê?" Deidre sê: "Niks, heeltemal niks."

Katherine se lapgoed en meubels, die kombuisgoed en die enkele stukke silwer word onder die kinders verdeel soos wat elkeen wil hê en sentiment aan het. Daar bly vier dae oor voordat Deidre moet teruggaan huis toe, na haar man en haar meisietjiekind Jana (Jane, soos die Ierse familie haar noem). Hulle wag vir haar op die wynplaas in haar nuwe land, Stormkloof, Stormvallei, Suid-Afrika.

Deidre sê vir die res van haar familie dat sy 'n paar dae deur haar land wil reis voordat sy terugkeer. Hoe weet sy wanneer sy weer die kans sal kry om deur die groen eiland te reis? Die Boland is haar nuwe tuiste, maar in Ierland bly iets van haar hart agter.

Sy huur 'n motor en vat die pad. Agterna kon die familie en polisie en die speurders haar spoor maklik volg. Van 'n plattelandse B&B na 'n klein hotel, toe na 'n herberg in 'n dorpie in die berge. En uiteindelik na die beskeie gastehuis waar sy vir die laaste keer sou tuisgaan.

Haar motor staan verlate in die parkeerarea van die Skye View-gastehuis in Cushendall, 'n klein, mooi dorpie in Noord-Ierland aan die wal van 'n donker rivier.

Daar raak Deidre weg.

Sonder spoor.

Sy word die vrou wat nooit in die gastehuis se bed slaap nie, nie opdaag vir ontbyt nie en ook nie die rekening betaal nie. Van haar bagasie is in haar kamer, een tas steeds in die kattebak van haar motor. Die broskoekies in die silwerbokaaltjie langs haar bed is nooit geëet nie. Daar is geen desperate brief wat iets verduidelik nie, geen teken dat sy depressief is nie, geen bewys van 'n vurige minnaar met wie sy kon wegloop nie. In haar tasse wat later deur die polisie deursoek word, is daar klein presentjies vir almal tuis.

Die enigste besitting wat sy by haar moes gehad het, behalwe die klein rugsak met haar beursie, dokumente en selfoon wat sy heeltyd by haar hou, is haar fluit. Die fluit se houtkissie in haar kamer is leeg.

Weg.

Wat, wat op aarde kon van die vrou met die rooi hare geword het? So wonder die polisie en die gastehuis se eienaars en die dorp se inwoners. Selfs die drinkers in die kroeg vra dit vir mekaar en skud die kop oor die krisis en die warboel in hul klein dorpie, polisiemanne en speurders en nuusmense die hele wêreld vol; al wat leef en beef wat ondervra word, al wat leef en beef wat soek. In die bosse en weivelde om die dorp, maar veral op die strand onder die loodregte kranse word daar gesoek; mense en honde en helikopters wat in elke hoekie en gaatjie kyk. Die dorpsmense wat op die strand kom, het al van alles opgetel wat uit die see kom: silwerteepotte gespoel uit die wrak van 'n vergane skip, dooie dolfyne en ou skoene en stukke seewier; selfs een keer 'n paar vaatjies konjak uit Frankryk, maar nié die bleek liggaam van Deidre O'Donnell-Van Deventer, die Ierse vrou uit Afrika nie.

Het sy van 'n hoë krans afgeval terwyl sy gaan stap het? (Die ruwe kransvoete en die alkowe onder die kranse en die strande word met 'n fynkam deurgesoek. Duikers duik en snuffelhonde snuffel terwyl die laagwater hou. Niks.)

Is sy ontvoer deur 'n barbaarse wellusteling? (Dié bekend aan die polisie is almal ondervra, sonder enige bewyse.)

Het iemand haar êrens gesien? Het sy koffie gedrink in die dorp? Het sy in die lane en stegies tussen die boerderye gaan stap? (Kathy O'Leary van die gastehuis het haar na haar kamer geneem, en toe nooit weer gesien nie. Sy het nêrens in 'n restaurant geëet of koffie gedrink nie. Nie een van die inwoners van die dorp wat hul hulp in die soektog aanbied, het haar gesien nie, niemand. En dit wil gedoen wees in hierdie kleine dorp waar almal alles sien.)

Het sy 'n lankvergete minnaar ontmoet? (Niemand het 'n vreemde man opgemerk nie.)

Het sy depressief en alleen haar hand aan eie lewe geslaan? (Geen bewys daarvan nie, geen laaste brief, geen SMS, geen woedende, desperate telefoonoproep nie.)

Was sy betrokke by een of ander misdaad? Die skakel in 'n dwelmnetwerk wat geheime boodskappe moes ontvang en pakkies van laakbare aard uitruil? Dalk diamante wat sy uit haar Suiderland aan 'n vreemdeling moes oorhandig? (Geen spoor daarvan nie.)

Was sy deel van 'n ondergrondse politieke organisasie wat terreur wou stig in Suid-Afrika en Noord-Ierland? (Nie een van die tallose, amptelike ondersoeke wat volg, dui naastenby op só 'n moontlikheid nie.)

Dwaal sy iewers rond met geheueverlies? (Dan sou iemand, iemand haar tog gevind het, want teen dié tyd weet en soek die hele Ierland na die Ierse vrou uit Afrika wat spoorloos verdwyn het.)

Niemand doen die moeite om hulle te vra nie, maar dit is die oudste inwoners van Cushendall wat met bygelowige sekerheid presies weet wat met Deidre gebeur het. Dit is die jong vrou se jaloerse ma wat die blaam moet kry, skinder hulle op die stoepies van hul huisies oor dit wat in hul dorpie gebeur het. Dit is tog so duidelik soos daglig, die pasgestorwe ma het jaloers besluit om haar geliefde dogter vir altyd in Ierland te hou, sy kon nie verduur dat sy weggaan na haar nuwe land nie. Die gees van die bose ou Katherine het haar dogter in 'n swaan verander, natuurlik! En so iets hét mos al gebeur, einste hier op hierdie dorp. Mense mag nou wel sê dis net 'n verhaal, 'n sprokie, maar jare der jare gelede is koning Lir se kinders deur hul jaloerse stiefma ook in swane verander. Die swaankinders moet volgens die stiefma se vloek 'n duisend jaar lank in die stormsee tussen Ulster en Skotland swem, en nou het daar maar net nóg 'n swaan bygekom.

Die mense van Cushendall luister na dié ouvroustories. Hulle kyk na elke spierwit swaan in hul waters en wonder watter een Deidre is.

Don't be ridiculous, King Lir's story of his children turning into swans is a tale for children, raas Maggie McDougal met die dorp se mense waar sy in haar kombuisie staan en uitkyk oor die see. I have absolutely no doubt, it's the faeries that took the woman. She should have known better, after all, she is an Irishwoman, walking alone all on her own through the faraway hills? The faeries took the poor, wee woman and she will never be seen again . . .

Al waaroor almal dit eens is, is dat 'n woeste stormwind dié dag oor die kus gewaai het, wind en wolke en reën en dwarrelwind, die dag van Deidre O'Donnell-Van Deventer se verdwyning.

Maar dit is tog nie vreemd nie? 'n Stormwind wat mense en skepe wegwaai, is mos nie buitengewoon vir hierdie woeste deel van Ierland nie.

Die polisie se lêer word geliasseer en gebêre. Dit word nie in die kluis met afgehandelde sake gebêre nie, ingeval iets opduik. In Ierland kan enige iets, enige dag, opduik. Of nie.

10

Soek

Toe KleinStorm van Deventer die verskriklike nuus kry, los hy alles net so op Stormkloof. Hy los die plaas in die sorg van OuStorm en die werksmense, sy kind in die sorg van sy ma en Raka, die vreeslike hond, en gaan soek sy vrou, die vrou van sy hart, die ma van sy kind.

Die eerste plek waarheen hy gaan, is Burrishoole Abbey se ruïnes. Sit sy êrens op 'n rots en speel vir die monnike op haar fluit? Sal sy hom sien en na hom terugkom?

Deidre, Deidre, my lief.

Hy klim in die kar wat hy gehuur het en ry die presiese roete wat sy gery het.

Dit maak nie saak hoe lank hy soek en hoe dringend hy vra nie. Op elke dorp en by elke plek waar sy gebly en geëet en betaal het vir haar kamer en haar etes, vra en soek hy. Dit maak nie saak hoeveel nagte hy in Afrikaans en Iers bid en uiteindelik desperaat vloek en reddeloos verlate huil nie. Sy vrou is weg.

Hy bly langer as 'n week op Cushendall. Hy bly in die kamer waar sy vrou kortstondig was. Sy het nooit daar geslaap nie, maar sy was dáár.

Deidre, Deidre, my lief . . . Praat met my? Wys vir my iets van jouself?

Hy loop kilometers langs die kuslyn af, sy oë speurend en soekend na iets, iets wat hom kan vertel wat met sy vrou gebeur het, waarheen sy gegaan het, maar hy sien niks. Hy luister teen die wind in of hy haar fluit kan hoor. Net drie note, speel vir my nét drie note dat ek jou kan volg, my Deidre . . . Maar al wat hy hoor, is die wysie van 'n Ierse wind en 'n stormsee wat geen vertroosting bring nie. Hy hoor wat die mense op die dorp skinder en vertel en hy swets op elke donnerse swaan wat hy sien. Hy vra die swane om hom te help soek, maar hulle draai net hul sierlike nekke en swem weg. Maggie McDougal sien hom op die strand loop en weet sy kan hom nie vertel van die faeries nie, hy sal haar nie glo nie. I am sorry for your loss, sê sy vir hom, en hy knik. Dankie. Ook die ander mense van die dorpe sê, I am sorry for your loss, maar niemand kan iets vir hom sê of doen nie.

Sy is weg.

11

Nagloop

Skeelpiet Plaatjies is nie Stormkloof se oudste man nie, ook nie die slimste man op die plaas nie, maar sekerlik die man wat die meeste weet van wat op die plaas aangaan. Dit is nou nie so dat hy uitgebreide kennis het van die wingerd se siektes en peste en sy groeie en dinge nie, of die kelder se werkerasies, pompe en parse en perse nie. Skeelpiet se be-langstelling lê in die dinge van die plaas wat juis nié met werk te doen het nie. Dit wat gebeur as die kelder se deure op slot en grendel is, dit wat agter die deur van elke huis gepraat en gevloek, gefluister en gevroetel word, dit wat snags in die skaduwees agter die geboue en in die donkerte van die toegegroeide wingerdrye gebeur, dit is Skeelpiet Plaatjies se belangstelling en sy saak.

Skeelpiet weet wat hy weet omdat sy kop varkoor draai vir alles wat gesê en gedink word. Hy weet wat hy weet omdat hy met twee verskillende oë kan kyk na alles wat gebeur en weggesteek word. Moenie dink jy kan iets wegsteek vir my nie, sê Skeelpiet, met my skeel oë kyk ek uit twee verskillende rigtings na alles. Ek kyk twee keer na dieselfde ding, daarom sien ek méér. Maar veral weet Skeelpiet wat hy weet omdat hy snags rondloop. Met twee oop oë en oop ore en voete wat katvoet loop.

Gelukkig vir Skeelpiet is hy nie 'n bang man nie, want hy weet dat die ou plase, soos Stormkloof, dié wat in Jan van Ribbok se tyd uitgegee is aan die wit boere, almal dik loop van die spoke. Wat dit nog erger maak van dié ou plase, is dat dit nie net een soort nasie is wat spook nie. Dis nie net sy eie mense wat snags woelig is nie, maar Slamaaiers en Engelse en Franse en sommer 'n paar Boesmans op die koop toe ook. En dan partykeers nog 'n dier ook, soos einste hier op Stormkloof gebeur.

Dis 'n onrustige plek snags, Stormkloof.

Maar al dié nagtelike gedoentes het nog nooit vir hom wat Skeelpiet is, gestuit nie. Die mense op die plaas is skytbang vir die ouwêreld se spoke, die meeste van hulle bly snags toegesluit binne-in hul huise en eet en kyk TV en slaap en staan eers weer op as dit buite daglig word. Hulle gaan kyk nie eens buite wat aan die gang is as 'n rondloperhond 'n asblik omsmyt of 'n gedierte in 'n hoenderhok snuffel nie; hulle is te bang dit is dalk ietsie anders as 'n rondloperhond of 'n wilde kat.

Maar hy wat Skeelpiet is, laat hom nie bangmaak nie. Hy weet maar te goed van Tarsis, die spookperd van Stormkloof wat in die wingerd begrawe lê en snags deur die druifstokke en in die plaaspad galop. Moenie snags in daardie blok shiraz gaan lê met 'n slap lyf vir 'n slapie om uit te vars nie, moet veral nie in daai stuk wingerd gaan lê met 'n sagte meisiekind van die buurplaas nie. Jy lê nog so en hou jou lyf kapater, dan kom daar uit die niet 'n donderende spookperd met woeste maanhare en blasende neusvleuels op jou afgestorm.

Wegkomkans is daar nie van daardie perd nie, kans vir broek oppluk en deurkruip onder die kordondraad na die volgende ry, is daar nie. Daai perd galop bo-oor jou en die meisiekind en trap jou fyn en flenters met sy swaar pote.

Skeelpiet hét al 'n man gesien met wie dit gebeur het. Dit was Fielie Foefies van Nabygelegen, een nag laat, toe hy lekker gedrink was. Daardie man het die volgende dag nie goed gelyk nie: hy was stukkend. Hy kan bly wees dat hy nog lewendig anderkant uitgekom het. Niemand het hom geglo toe hy van die spookperd beginne praat nie, hulle het gedink die man het seker maar in sy toestand onder 'n motorkar in die pad beland. Maar Fielie was doodseker. Só dronk was hy ook nie. Dit was die spookperd. Hy het kortpad geneem deur Stormkloof se blok shiraz op pad huis toe, toe hy net so 'n rukkie wou sit om die skielike moeg uit sy lyf te kry. Toe donner die perd skielik op hom af, slat hom op sy bors met pote wat hom wil doodkap. Hy kon alles duidelik sien soos die perd oor hom is, het hy gesê. Eers die maanhaar en voorpote, en toe die perd se maag en boude en agterpote – en toe skielik is hy net weg, niks. Fielie het sy hemp uitgepluk en gewys, en wragtie, mens kon duidelik die hoefmerke op sy borskas sien waar die perd se pote hom getrap het. Selfs die merke van die hoefnaels het op sy maer ribbekas ingelê. Vir weke daarna nog. Dit was nie 'n mouterkar se merke daai nie. Of dan was dit 'n mouterkar met voorpote en hoefysters.

Behalwe die spookperd, weet Skeelpiet ook van die mank Engelsman wat na die groothuis se voordeur loop en die deur oopslaan met sy bajonet. Maar daardie Engelse spook is die bekommernis van die groothuis se mense, hy pla niemand anders op die plaas nie. Skeelpiet het gehoor dat dit in die regtige lewe wel gebeur het. In die Engelse Oorlog het 'n Kakie helder oordag op die plaas aangekom. Hy het nie ordentlik aangeklop by die voordeur nie, hy het die deur net met sy bajonet oopgestamp en ingestap. Die voordeur van die huis het twee panele van geelhout gehad. Die slag van die bajonet het 'n yslike gat in die een paneel gedruk en die hout dwarsdeur laat bars tot in die ander paneel. Die paneel met die gat het die oumense later uitgehaal en nuwe hout ingesit, maar die paneel met die bars het hulle gehou net soos dit is, sodat die nageslag kan sien waffer skollies die Engelse was. Die Engelse het glo die mense van Stormkloof verdink dat hulle spioene is, dat hulle vir die Boere in die Transvaal geheime briewe skryf om te vertel van die Engelse se doene en late.

Of daardie storie waar is of nie, dit sal Skeelpiet nie kan sê nie, maar dat die Engelse spook nog steeds vir Stormkloof se mense kwaad is, is duidelik. Mevrou Lien het hom al vertel, sy en OuStorm sal nog so lekker in die voorhuis sit met 'n glasie wyn, nie 'n windjie wat waai of 'n luggie wat trek nie, dan bars die voordeur oop met 'n harde slag. Hulle steur hulle nie meer aan die dooie man se gedoentes nie, sê Mevrou, hulle sê maar net kliphard in die leë lug, kom in, Engelsman, kan ons vir jou 'n glasie skink? Nee, die spook wil nooit ietsie drink nie, hy sê niks. En dan maak hulle maar weer die deur toe.

Skeelpiet weet ook van die spooklopery van antie Anna, die voorvrou van die plaas. Almal sê sy loop snags oor die plaas om te kyk of die werk op haar plaas ordentlik gedoen word, maar vir haar het hy sweerlik helder oordag op die plaas gesien. Wie ánders kon die vreemde vrou met die ouwêreldse klere aan haar lyf gewees het? Sy het in die pure sonskyn met die plaaspad afgeloop – hy het haar gesien met twee oop oë en van twee kante af, en dit sonder 'n druppel wyn in sy lyf. Sy het onder die twee hemelhoë palmbome kom staan en na hulle opgekyk asof sy hulle selwers geplant het. Dit was einste sy, antie Anna, daarvoor sal hy sy laaste sente gee.

En dan nog die bruin spokie, die oulike meisietjie met die kappie wat altoos met 'n enemmelbeker vol water loop en vra of die mense wat in die blok steendruiwe naby die braamsloot werk, nie bietjie water wil hê nie. Hoeffel mense al dié storie vir Skeelpiet kom vertel het, mense wat water aangebied is uit daardie meisiekind se eie hand, dit kan hy nie eens meer onthou nie. Maar van al die mense wat by haar water kon kry, het nie een man nog van dié lekker aanbod gebruik gemaak nie.

Skeelpiet wonder hoeka waarom die goeie gawe nog nie met hom gebeur het nie. Hy sal nogals nie omgee om 'n slukkie te proe van dié water nie. Al is dit dan net om uit te vind of dit regte water is. Dalk word die water in jou mond pure wind, die ene spookasem, as jy dit sluk. Maar eintlik wil hy net hoor hoe sy praat. Die manne wat haar al teëgekom het, sê sy praat so ewe ouderwets en deftig

Hooghollangs, ou Jan van Ribbok se taal, jy kan sommer hoor sy is nie van hier nie.

Skeelpiet weet van Stormkloof se geeste, maar dit pla hom nie, hulle soek hom nie uit nie. Hy loop sy lope in die nag net waar hy wil en hoe dit hom smaak.

Tot die nag toe alles vir hom verander het.

'n Laat somersnag met wolke wat laag op die aarde begin saamborrel. 'n Volmaan wat so nou en dan deur die skeure in die dik wolke kom.

Skeelpiet het teruggekom van sy pel Jantjie Klaas se huis onderkant Horlosiekop. Hy en Jantjie het die nag laat gekuier en 'n kannetjie soet Jaloersbokkie leeggemaak. Oorslaap is nie vir hom nie. Hy kruip elke nag agter sy Kaatjie se rug in, daarom het hy teruggeloop Stormkloof toe, al het sy voete bietjie hoog getrap. Die nag was donker, die wind het al hoe kwaaier begin waai, maar sy voete was lig en die lewe goed. Stormkloof was die mooiste plaas in die hele wêreld. Hy het geloop soos die baas van die plaas, die plaas en die nag was syne, elke wingerdstok, elke gebou, elke vat wyn in die kelder, alles syne.

En toe.

Die klein wit spokie het oor die werf aangesweef gekom, reguit na hom toe, die ogies wawyd oop en stokstyf, die een handjie so ewe uitgesteek na hom asof sy uit die dode iets van hom vra.

Skeelpiet Plaatjies het nooit gevoel hoe hy sy broek natmaak nie, hy het eers later agtergekom dit het gebeur. Hy het stokstyf bly staan, sy bene kon niks doen nie, sy ruggraat was 'n slap string jellie, sy hele lyf 'n stuk gemors, jirretjie, ag jirretjie tog, dit is my laaste dag, sy hét my.

Die spokie het 'n entjie van hom bly staan, reguit na hom gekyk. Sy het alles gesien, hoeveel hy gesuip het, waffer nonsens hy en Jantjie die hele nag lank gepraat het, dat hy met warm oë na die plukspan se jong meisies kyk, dat hy nog nooit sy Kaatjie verneuk het nie maar baie keer wóú, van al sy wynstelery uit die kelder en die mooi plan wat hy bedink het om die sleutel in die hande te kry . . . Alles, dit alles het sy gesien. Hy het in haar oë gesien dat sy dit alles weet.

Hy het nie geweet of hy met haar moet praat nie, of hy op sy knieë moet val om vir haar of die Here om vergifnis te smeek nie. Hy het net bly staan en bewe.

Sy het doodstil gestaan en vir hom gekyk, en toe skielik weggedraai en verder geloop, sonder beentjies oor die aarde gesweef in 'n lang wit rokkie, haar hare 'n rooi wolkie om haar skouers. Dis eers toe hy die spokie se rooi kop sien dat hy besef het dit is nie 'n gees nie, dis die meisiekindjie, Jana. En dat sy loop soos iemand wat in sy slaap loop. Maar só seker was hy ook nie dat sy nié 'n regte gees is nie, want waar is daardie vreeslike rooi hond wat alewig om haar is en haar so dag en nag oppas? Dit is terwyl hy nog so tjoepstil gestaan en skielik besef het dat sy hele broek warm en nat is, dat hy die wilde runnik van 'n perd uit die wingerd ge-hoor het.

Skeelpiet het nie bly staan om te kyk of die kind in die spookperd van Stormkloof vasgeloop het en of sy dalk hulp nodig het nie. Die spoke moes hulle daardie nag maar self uitsorteer. Die lewe het in sy lyf teruggekeer en hy het begin hardloop, huis toe. Soos nog nooit in sy lewe nie het hy gehardloop, asof al die blou duiwels uit die hel op sy hakke is.

Dit is seker maar goed dat Skeelpiet nie omgekyk het nie. Want dan sou hy uit twee rigtings gesien het hoe Jana bo-op Tarsis, die spookperd van Stormkloof, se rug klim en deur die wingerd galop.

En élke stormnag daarna.

Want dit was daardie stormnag dat StormJana die eerste keer wakker geword het en geweet het sy moet úit. Uit in die storm. Sy het haar ma hoor roep.

12
Soek

"Weet jy waar sy is, !X'uri?" vra Jana.

!X'uri bly lank stil.

"Nee," sê sy. "Maar ek kan jou help om haar te soek. Die wind het nog nie jou ma se spore doodgewaai nie."

13
Vuur

'n Dag nadat die groot olienhoutboom omgeval het, begin dit weer reën. Hierdie keer is die reën sag en indringend. Daar is nie rukwinde of donderblitse wat die donkerte skeur nie. Die reën sing soet deur die lang nag en sus vir StormJana in 'n diep slaap. Sy word eers lank ná middernag wakker.

Sy sit regop in haar bed. "!X'uri," fluister sy.

Raka die Wraka tjank saggies onder haar venster. Hy weet sy is wakker.

"Sjt, Raka, gaan slaap!"

Hy sluip druipstert weg en gaan lê weer skelm op die stoepbank met sy lekker diep kussing waar hy eintlik nie mag slaap nie. Hy slaap alreeds 'n diep hondeslaap toe Jana die vensterraam opskuif en deurklim. Die reën is ligblou, 'n sagte see, 'n diep blom. Sy hardloop kortpad deur die shiraz na die olienhoutbos. Tarsis die spookperd hardloop in die wingerdry net langs haar, net so vinnig soos sy. Sy wit maanhare waai in die wind. StormJana se hare knoop 'n bloedrooi lint agter haar aan. So ver soos sy hardloop, kronkel dit deur die wingerd. Dit knoop hier en daar om 'n skurwe knoets. Af met die voetpaadjie vleg dit aan die struike vas, deur die lang grasse tot in die olienhoutbos.

Uitasem kom sy by die omgevalle boom aan. Haar hare haak om 'n spoelklip uit die berg.

!X'uri sit in die grot onder die boom se wortels. Sy sit by 'n klein vuurtjie, droog en veilig teen die reën, haar hande uitgesteek oor die vlamme.

StormJana klim af in die gat en gaan sit styf teen !X'uri by die vuur. !X'uri lag met skrefiesogies in 'n bruin lemoengesiggie wat opskroef.

"Kry jy koud, !X'uri?"

"Nee, hoekom sal ek koud kry?"

"Jy het 'n vuur aangesteek."

"Mens steek nie 'n vuur aan omdat jy koud kry nie."

"Hoekom dan?"

" 'n Mens maak 'n vuur om jou kos gaar te maak. As jy klaar geëet het, hou jy die vuur aan die gang om te sing, om hande te klap en te dans. En om te dink."

"Wat dink jy, !X'uri?"

!X'uri antwoord haar nie.

Hulle sit om die vuur en dink. Na 'n rukkie, toe hul gedagtes soos rook in die lug yl word en wegraak, gaan lê hulle op die grond langs die vuur en raak aan die slaap. 'n Bruin dogtertjie so bruin soos grond. 'n Rooi dogtertjie so rooi soos vuur.

14
Raka

"Die hond se naam is Vonk," sê OuStorm.

"Vonk is nie 'n hond se naam nie," sê ouma Lien, "dit is 'n perd of 'n donkie se naam, dis nie 'n hond se naam nie. Die hond se naam is Raka."

Toe OuStorm 'n kind was, het hy 'n hond gehad met die naam Vonk. Vonk was sy speelmaat en vriend. Hy het hom beskerm teen verdwaal en verdrink, teen slange en die luiperds in die berg en elke ongedierte en die onheile wat op 'n kind se pad kom.

Snags het Vonk by OuStorm in die bed gelê, opgekrul om sy lyf, bedags het hy teen Vonk se borskas aan die slaap geraak, sy arm om sy nek. Die kind het soos hond geruik en die hond het soos kind geruik.

Toe Vonk 'n jaar later doodgaan aan bosluiskoors, was klein OuStorm ontroosbaar, siek vir 'n week. Totdat sy pa 'n nuwe babahond vir hom aangedra het. "Vonk," het Ou-Storm die basterbrak met die groot pote en die laggende bek genoem en aangegaan met die lewe. Nege jaar later was die derde hond in sy lewe ook Vonk. En elke hond wat hy daarná gehad het.

Totdat hy met Lien de Jong getroud is.

Lien het gesê, nee, liewe aarde, mens gee nie vir 'n hond

dieselfde naam oor en oor nie, elke dier het sy eie geaardheid en hy moet 'n naam kry volgens sy eie gees.

Die klein rifruggie wat hy vir sy jong bruid aandra om haar op te pas as hy nie op die plaas is nie, noem sy Basjan. "Die hond lyk kompleet soos 'n skoolmaat van my, en dié se naam was Basjan. Basjan Pieterse was ook die ene ribbekas en pote."

"Die hond se naam is Vonk," het OuStorm gesê.

"Basjan," sê Lien.

OuStorm het aangehou om die hond te "Vonk! Vonk!", maar die brak het nie eens opgekyk nie, hy het net oë gehad vir Lien en sy bak kos en "Basjan".

Toe Basjan dood is, het Lien vir Gedierte gekry. OuStorm het Gedierte ook Vonk genoem, maar die hond het hom nie daaraan gesteur nie. Ná Gedierte was daar 'n Shaka en 'n Liefling en 'n Koos. Herdershonde en boerboele en baster-honde.

"Mens kan jou sielkundig ontleed, Lien, net oor al hier-die onaardige name wat jy vir honde gee," het OuStorm gebrom.

Die laaste hond wat hy aandra, is weer 'n rifrug. "Ek hou nie van 'n hond met lang hare wat die wêreld vol lê nie, Storm," het ouma Lien gesê toe Koos ná baie jare van ouderdom en moedeloosheid dood is. "As ek 'n hond naby my het, dan moet dit 'n skoon dier wees, een sonder hare en 'n slymerige bek. En een wat nie te kwaai is nie. Onthou, hier is nou weer 'n kind op die plaas; ek wil nie 'n monster hê nie. Hy moet vir Jana oppas, nie verskeur nie."

OuStorm bring vir Lien 'n klein rooi rifruggie.

"Vonkie," sê hy en streel oor die babahond se parmantige ruggie. "Kyk hoe rooi is sy vel, nes die vonke in 'n vuur." Ouma Lien kyk op van die boek wat sy besig is om te lees.

"Die hond se naam is Raka," sê sy.

"Nou waar kom jy aan dié naam?" vra OuStorm moedeloos.

Ouma Lien tel haar boek op en wys die voorblad van N.P. van Wyk Louw se epos vir hom.

"Is Raka nie veronderstel om juis 'n harige gedoente vol spoeg en slym te wees nie?"

Ouma Lien blaai terug in die boek, kry waarna sy gesoek het, en begin lees: ". . . van been en spier 'n lenige boog, en enkeld dier . . ."

Raka. Wat verlief raak op Jana terwyl sy nog in haar doeke op die werf rondkruip en toelaat dat sy enige iets met hom doen, sy ore trek en sy mond oopmaak om te kyk waar in sy diep keelgat sy tong vandaan kom. Raka wat viervoet oor haar gaan staan en grommend sy tande ooptrek vir enige iemand wat dit naby haar waag. Die enigste mens wat hy sonder 'n gedoente by haar toelaat, is vir Deidre. Selfs Jana se pa moet mooiprat en paaiend naderkom voordat hy sy eie kind kan optel.

Deidre en ouma Lien hou heeltyd 'n oog op Jana, maar Raka se oë is beter.

Raka volg Jana soos 'n skaduwee. Hy keer haar weg van die stoeptrappies en die visdam en die braamsloot. Hy byt haar aan haar doek vas en trek haar weg van onheilsplekke waarheen sy wil kruip. Sy skree en slaan kwaad met haar klein vuisies na hom om weg te kom, maar as hy haar eers beetgekry het, laat hy haar nie los voordat sy veilig is nie. Die werksmense op die plaas weet almal: Jy kom nie naby KleinStorm se kind as Raka by is nie, jy sal flenters gebyt word. Toe Jana groter word, byt hy nie meer haar klere vas nie, maar hy bly steeds beskermend naby haar; haar skaduwee, haar oppasser, haar vriend.

Raka die Rooie, noem Stormkloof se mense hom, sy hare is net so rooi soos die meisiekind s'n. Of Raka die Verskriklike, as hy vir iemand geknor het.

Of Raka die Wraka, ná die dag met die koperkapel.

15
Kapel

Ouma Lien waarsku sonder ophou die mense op die plaas: Hou tóé die deure as dit so warm is; die slange loop hierdie tyd van die jaar. Maar niemand luister nie, die deure staan dag en nag oop en word net toegemaak as iemand onthou om dit te doen. Of as ouma Lien sélf loop en deure toemaak so ver soos sy gaan. Sy raas by elke deur wat sy toemaak, al is daar niemand in die nabyheid wat haar hoor nie. "'n Slang kom ín, weet julle dit dan nie? Wanneer lúíster iemand op hierdie plaas eendag vir my? Eendag is eendag, dan word iemand gepik deur 'n slang. Hier in ons eie huis."

Die eendag kom gouer as wat hulle dink.

Hulle onthou almal wat ouma Lien gesê het toe Katryntjie gillend deur die voorhuis storm, uit by die voordeur wat oopstaan, oor die stoep, die treetjies twee-twee af, tot sy op die grasperk in die oopte van die tuin tot stilstand kom.

"Slang! Slang!" skree sy so ver soos sy hol.

Die koperkapel het hom tuisgemaak in OuStorm en ouma Lien se slaapkamer onder die dubbelbed. Hoe lank hy daar was, lekker salig in die stowwerigheid van die koel donkerte, sou niemand weet nie. Hy was tjoepstil en gelukkig totdat Katryntjie besluit het dit is tyd om die vloer daar doer onder met haar besem by te kom.

Katryntjie staan in die tuin en skree vir almal wat wil hoor dat dit die grootste slang is wat sy nog ooit in haar lewe gesien het, ten minste vyftig meter lank. En hy het sy kop vir haar gelig en geblaas, so van onder die bed uit. As sy nie alles laat val en gehardloop het vir haar lewe nie, was sy nou doodgepik.

Almal op die werf hoor haar, ook die wingerdspan wat besig is om wingerdlote in te ryg in die blok chenin voor die huis. Die hele plaas kom tot stilstand. Almal kyk na die huis se kant. Party van die vroue in die wingerd kyk skigtig om hulle rond en vat by voorbaat hul rokspante vas, reg vir hardloop, asof die slang in die huis enige oomblik tussen hulle ingeseil gaan kom. Nie een van die mans in die wingerd maak aanstaltes om iets te doen nie, hulle kyk net met groot belangstelling wat nou gaan gebeur. Dis eers toe KleinStorm lewe onder die manne begin blaas dat daar beweging in hul litte kom.

"Toe, toe, kry vir julle 'n graaf of 'n skoffel en kom help!" roep hy. Hy self gaan haal sy geweer uit die kluis.

"Ek is nie bang vir die dood nie," sê Skeelpiet temerig, "maar dit is nou nie so dat ek vandag al wil gaan nie." Hy sorg dat hy so teen die agterkant van die ander manne bly.

"Storm, pasop tog net vir die geweer," maan ouma Lien, "netnou is daar 'n ongeluk."

"Daar sal nie 'n ongeluk wees nie, Ma, ek sal nie in die huis skiet nie," sê KleinStorm. "Bly net weg van die stoep en die voorhuis. En sorg dat Jana nie onder ons voete kom nie."

"Waar is Jana?"

Niemand weet nie.

Ouma Lien soek angstig rond na Jana en na Raka wat altyd by haar is, maar hulle is ewe skielik nêrens te sien nie. Almal se aandag is op die voorhuis se oop deur en die stoep. Dit is net ouma Lien wat rondkyk om te sien waar die kind is. Sy is nié in die huis nie, dit weet ouma Lien, sy moet êrens buite wees. As sy buite is, is daar geen gevaar nie.

Storm met die geweer en Sollie met 'n graaf in sy hande sluip versigtig na die hoofslaapkamer wat reg langs die voorhuis is. Die ander manne staan in 'n wye sirkel om die voordeur, reg vir doodslaan of hardloop. Die vroue staan onder die stoep en kyk, gereed om te laat spaander as die manne nie die slang kan keer nie. 'n Slang kan sy stert vasbyt en soos 'n wiel na jou toe aangerol kom om jou te pik, dit weet hulle almal.

Storm en Sollie loop katvoet die kamer in, probeer kyk of hulle die slang kan kry. Hulle kyk onder die spieëltafel en die hangkaste. Niks. Ook niks onder die wastafel nie. Die enigste plek waar die slang kan wees, ás hy nog in die kamer is, is onder die bed waar Katryntjie hom gesien het. Storm buk van ver en probeer kyk of hy iets onder die bed kan sien, maar die swaar deken lê tot bykans op die vloer. Hy kruip versigtig nader en lig die deken met die punt van die geweerloop aan die een kant van die bed op.

En tree dadelik terug.

Van onder die bed kom 'n boosaardige gesis.

Sollie hoor dit ook. Hy staan terug so ver soos hy kan,

maar daar is nie soveel plek in die kamer dat hy ver genoeg na sy sin kan padgee nie. Die volgende oomblik skreeu Storm. Hy sien die slang beweeg. Ook Sollie sien 'n beweging onder die bed. Met graaf en al spring hy bo-op ouma Lien se bed en klou vir lewe en dood aan die onderste bedstyl vas, sy knieë opgetrek so hoog as wat hy kan. Hy hoor nie wat Storm aan die ander kant van die bed vir hom skree nie, maar skreeu ewe hard, al weet hy nie waaroor nie. Die slang sis al hoe harder. Hy besluit dis tyd om die donkerte onder die bed te verlaat en weg te kom. Soos blits beweeg hy onder die bed uit, reg onder die plek waar Sollie bokant hom op die bed staan. Hy seil met manjifieke esse van sy goudgeel lyf reguit na die oop kamerdeur, voorhuis toe.

"Maar my magtag, Sollie! Klim af van die oumense se bed! Wat soek jy daar? My ma bliksem vir jou as sy jou sien! As jy bly staan het waar jy was, kon jy die slang gekry het, hy het reguit na jou toe aangekom! Jy het 'n graaf in jou hande, nie 'n warm patat nie! Kom!" raas Storm en hardloop.

Die mense buite die deur hoor die geskree binne en staan reg met hul grawe en skoffels. Hulle bewe en trap rond, want nie een weet in wie se rigting die slang sal kom nie.

Die slang kom nie in een van die manne op die stoep se rigting nie. Instinktief swenk hy weg van die oop voordeur en die helder lig wat daardeur stroom. Hy kies die donkerte van die agterste gedeelte van die huis. Storm is net betyds om te sien hoe die slang deur die klein eetkamer seil en in die kombuis verdwyn.

En net op daardie oomblik kom Jana van buite af in, deur die agterdeur wat wawyd oopstaan. Sy bly verbaas staan toe sy die slang sien.

Storm bly versteen in die kombuisdeur staan, die slang bakkop tussen hom en Jana. As hy nou skree of beweeg, pik die slang. Ook Raka bly op die drumpel van die buitedeur staan. Ouma Lien het nog nooit 'n hond in haar huis ver-duur nie en hy is geleer hy mag nie inkom nie.

Agterna kon Storm vir niemand sê wat presies gebeur het nie. Want het hy hom verbeel? Dat Jana net stil na die slang gekyk het? Dat die slang sy kop laat sak het? Dat daar vir 'n paar ewige sekondes totale stilte, totale vrede tussen die kind en die slang was? Dis tog onmoontlik?

Hy sou nooit regtig kon sê nie, want die volgende oom-blik kom Raka verby Jana ingestorm en gryp die slang met sy bek. Storm probeer nie kyk wat met die hond en die slang gebeur nie. Hy hardloop verby die hond en die slang, raap vir Jana op en hardloop by die agterdeur uit. Sommer nog so in sy vaart probeer hy kyk of sy iets oorgekom het. Niks, behalwe dat sy hartstogtelik begin huil en met alle geweld wil teruggaan kombuis toe.

"Raka! Moenie!" huil sy met 'n spoegbekkie en slaan haar vuisies teen haar pa se bors.

Wat sou Jana wil sê? As sy in volsinne kon praat?

Dalk dat sy en die slang met mekaar gepráát het?

Ouma Lien en die werksmense, 'n hele boerebende met die skoffels en grawe nog steeds in die hande, het intussen omgeskuif van die voordeur en drom op die stoep voor die agterdeur saam. Niemand loop weg nie; hulle wil alles sien wat vandag op hierdie plaas gebeur. Maar niemand sien kans om te gaan kyk of Raka nog leef of wat daar binne in die huis gebeur nie. Al wat hulle hoor, is 'n helske rumoer in die kombuis, stoele wat omkletter en Raka se diep gegrom. Sollie staan bedremmeld eenkant.

Dit voel soos ure voordat Raka uitkom, die rif op sy rug bloedrooi soos wat dit orent staan. Sy hele lyf is nat. Hy kyk met bang oë na ouma Lien, asof hy raas gaan kry vir sy oortreding. Hy sluip stert tussen die bene by haar verby en gaan rol op die grasperk, probeer die bitter slymerigheid aan sy bek teen die gras afsmeer.

Jana huil ontroosbaar.

In die kombuis kry Storm twee kombuisstoele wat omgeval het, en drie flesse konfyt wat van die koskas afgeval het en stukkend gebreek op die vloer lê, taai stukke groenvye die wêreld vol. En die dooie slang, sy lyf op 'n paar plekke geknak.

Die koperkapel is nie vyftig meter lank soos Katryntjie gesweer het nie. Toe hulle hom meet, is hy is net-net langer as drie meter. 'n Knewel.

16
Slaap

En dit is die ding wat KleinStorm nie verstaan nie. Jana kan nêrens heen gaan nie, nie 'n voet uit die huis sit nie, of Raka is by. Hy los haar nie een oomblik alleen nie. Maak nie saak waar die hond op die plaas is nie, die oomblik as Jana ná 'n middagslapie wakker word, weet hy dit. Hy los alles en almal en hol met 'n hygende, laggende bek en 'n tong wat uithang huis toe. Niemand probeer hom keer nie. Hulle weet waarheen hy gaan.

As Jana snags wakker word en deur haar venster klim om op die werf rond te loop, dan is Raka by en hy gaan saam met haar, waarheen dit ook al is. Niemand hou daarvan dat sy snags so ronddwaal nie, maar hulle weet ten minste sy is nie alleen nie. KleinStorm én sy pa en ma sal Raka ewig dankbaar wees, hulle wéét hy sal haar tot die dood toe beskerm. Maar as Jana in haar slaap loop, dan weet Raka niks daarvan nie. As sy slaap, loop sy alleen. Ook op stormnagte gaan hy nie saam nie.

As Jana se gees die pad vat, dan is Raka die Wraka doof en blind. Dan is hy in 'n ver, vreemde hondeland.

StormJana loop ongehinderd, onbeskermd oor die plaas, vol drome en dieptes wat niemand kan peil nie. Maar sy kom niks oor nie.

17

Regteroog

Skeelpiet kan nie glo wat hy hier voor hom sien nie. Hy vryf eers sy een oog en toe die ander een met sy vingers skoon, maar nog steeds sien hy wat hy sien. Hy druk sy linkeroog toe, want dit is die oog wat die minste kan sien. Hy kyk nou net met sy regteroog.

Skeelpiet weet hy is bietjie getrek, want dit was 'n lekker jollie partytjie daar by Sarel Syster se huis, al het dit laataand bietjie opgebreek. Wat die partytjie so lekker gemaak het, was die harde musiek wat almal aan die dans gekry het. Maar só getrek is hy ook nou nie; 'n botteltjie se boom gaan maar net só ver en nie verder nie.

Toe Sarel sê: "Manne, hierdie aand moet nou maar tot 'n einde kom," het Skeelpiet die slingerpad deur die olienhoutbos terug huis toe gevat. Die ander pad, die een wat oor die laagwaterbruggie van Brandewyndraai se rivier gaan, dit stap 'n man nie in die nag nie. En beslis nie alleen nie. As jy snags daar loop, hoor jy 'n baba wat droewiglik onder die bruggietjie lê en huil. Moet net nie die fout maak om 'n jammerte in jou hart te kry vir daai babatjie nie, want die oomblik as jy hom optel, verander die slap kind in jou arms in 'n yslike groot man wat jou met boosaardige oë aangluur en aan die keel wil gryp. Hy weet dit vir die

65

heilige waarheid, want dit het met sy antie Soufie gebeur. Spierwit geskrik het sy een nag by hulle aangehol gekom en vertel wat gebeur het. Ook met ander mense het presies dieselfde ding gebeur. En dit net omdat jy 'n hart het vir 'n kind.

Wat Skeelpiet hier voor hom in die helder maanlig sien, maak dat sy broek begin beef en sy kniekoppe teen mekaar klap. Hy weet nie hoekom nie, maar iets het hom hier laat kyk. En toe sien hy dit. In die holte wat die groot boom uit die grond geruk het, lê StormJana en slaap. En saam met haar, met haar arms om die wit kind, lê 'n kaalgat Boesmandogtertjie. Daar is net 'n lappietjie duikervel om haar boude en 'n stringetjie wit kraaltjies om die nek, verder niks. Van die rooi hond wat altyd by die Stormkind is, is daar nie 'n teken nie. Hy sou al lankal vir hom wat Skeelpiet is, bespring het ás hy daar was.

Skeelpiet weet voor sy siel dat die bruin kind nie iemand in die omtes se kind is nie. Hy ken mos die kinders van die vallei. Maar as dit nie 'n kind van hierdie omtes is nie, dan kan dit niemand anders wees as die bruin spokie nie, die kind wat vir almal op die plaas water wil aandra. Hier sien hy haar nou met sy eie twee oë. Nie een van die ander mense wat die kind gesien het, het gesê dat sy kaalstert loop nie, almal het gesê dat sy so 'n outydse kappie op die kop het. En dat sy Hollands praat. Dit is ook nou nie só dat hy aan haar gaan druk solat sy wakker word en met hom praat nie.

Is dit dan 'n nuwe spook hier op die plaas?

En sy spook saam met die Stormkind?

Sê nou net hulle word wakker en kom al twee hier voor hom staan?

Skeelpiet val omtrent oor sy voete soos hy omdraai om weg te kom. Hy hol huis toe, skielik so nugter soos 'n spook.

18
Winter

Dit reën en reën en reën. Dae en dae aaneen. Dit reën nie hard nie, nie met storms en windvlae nie, maar saggies en sonder ophou. Die plaas is grys en die wolke is grys en die wingerd is droë stokke in die grys lug.

Ouma Lien staan elke dag van vroeg tot laat in die kombuis voor die koolstoof wat met hout en steenkool gestook word. Die hele huis ruik na nartjies en suurlemoenskil en die vuur in die koolstoof. Sy skrop groot, donsige kwepers onder die kouekraan en sny en skil en prut 'n hele middag lank aan die goue vrugte voordat sy en Katryntjie dit in wyebekflesse inlê. Skeelpiet bring vir haar druiwemandjies vol siters en pomelo's en lemoene en koejawels en nartjies. Sy kook pomelostroop en lemoenstroop en koejawelstroop. Die hele wêreld staan vol bottels soet stroop wat afkoel voordat dit solder toe gaan.

Jana maak vir haar 'n plekkie tussen die bottels sap en flesse ingelegde vrugte op die tafel oop. Sy teken in 'n boek met leë blaaie wat OuStorm vir haar gegee het. Sy teken vuurvliegies wat bokant 'n vuur rondspring en naaldekokers wat op die blomme van die gemmerlelies in die rivier sit. As sy nie teken nie, voer sy die koolstoof met droë wingerdstokkies. Die vlamme borrel bo by die stoof uit.

Die ruite van die kombuis stoom toe terwyl ouma Lien bitterlemoene en rooi pomelo's met 'n lemmetjie in dun skilfertjies sny en 'n koperpot vol marmelade kook. Sy maak vrugtelekkers van die druiwemandjies vol koejawels en kwepers wat op die stoep net buite die kombuis staan. Van die skille van die sitrusvrugte sny sy dik, gulsige repe en maak 'n enemmelskottel vol versuikerde skil. Dit is Jana se werk om die vrugteskil se punte in gesmelte, donker sjokolade te doop. Sy drup die wêreld vol stroop en sjokolade. Sy eet soet suurlemoenskil en bitter sjokolade totdat dit voel asof sy self 'n suurlemoen en 'n stuk tjoklit is. Toe die reën vir 'n paar minute ophou, sit ouma Lien 'n trapleertjie onder die suurlemoenboom wat net buite die kombuisdeur groei. Sy laat vir Jana opklim en wys vir haar van onder af waar die boom se mooiste dikskilvrugte sit. Jana pluk die nat suurlemoene een vir een en gooi dit af na ouma Lien wat dit rats vang en in haar mandjie sit. Ouma Lien sny die suurlemoene in kwarte, vryf dit in met borrie en growwe seesout en piekel dit met brandrissies en groen suurlemoenblare.

"So ja," sê sy toe sy uiteindelik klaar is. Sy gooi vir haar 'n groot koppie moerkoffie uit die koffiepot wat saam met die kastrolle vol geel en rooi vrugte op die stoof prut. "Dit is mos hoe 'n winter moet wees."

Jana teken 'n perd met wit maanhare wat oor sy skouers wapper. Sy hou op met teken. "Hoe moet 'n winter wees, ouma Lien?"

"Só, net soos die afgelope week. Reën wat nooit ophou

reën nie en 'n koolstoof wat nooit ophou brand nie en mandjies vol kwepers en suurlemoene. Al wat ek nou mis, is 'n doringvuur. En vir Letjie Stamboom. Daar was niemand wat 'n doringvuur kon maak soos Letjie nie."

"Letjie Stamboom?"

Ouma Lien trek vir haar 'n stoel langs Jana uit en gaan sit by die tafel, haar beker koffie voor haar. Ouma Lien se hele gesig word sag. Haar hart loop vol van Letjie Stamboom. "Dit was iemand wat ek geken het toe ek 'n kind was. 'n Wonderlike, wonderlike vrou."

"Wie was sy, Ouma?"

"Sy was 'n Boesman. Of 'n afstammeling van die Boesmans, ek weet nie meer presies hoe haar familiesake gewerk het nie. Haar voormense het uit die Tankwa gekom en by ons op die plaas gewerk. Sy was die voorvrou in my ma se kombuis. En sy was my spesiale ouma. En sy kon 'n vuur maak sonder vuurhoutjies."

"Vuurmaak sonder vuurhoutjies! Hoe het sy dit reggekry, Ouma?"

"Maklik. As jou naam Letjie Stamboom is en as jy droë doringhout het, dan is dit maklik. Ek het met my eie twee oë gesien hoe Letjie 'n vuurstokkie tussen haar handpalms draai totdat daar 'n rokie en 'n vlammetjie in die fynhout opslaan. Dit is nie so moeilik nie, die geheim lê daarin dat jy die regte soorte hout saam gebruik. Droë doringhoutjies wat maklik aan die brand slaan, en haar draaistokkie wat sy op die doringhout gedraai het. Ek weet nie watse soort hout die stokkie was nie, dit was 'n spesiale stok wat sy altyd by haar gedra het. Haar vuurstok. Sy het gesê dit was een van haar oupa se pyle waarmee hy gejag het. Ek sal nie weet of dit die waarheid was nie, maar haar vuurmaak het gewerk. 'n Klompie draaie en 'n rokie en 'n bietjie blaas op die vlammetjie en Letjie het haar vuurtjie gehad. Hoeveel keer het ons nie in die veld gesit nie, sonder vuurhoutjies, en dan het Letjie vir ons 'n vuurtjie aangeslaan. Nie om kos te maak nie, net om 'n vuurtjie by ons te hê. Sy het altyd gesê 'n mens kan beter dink as daar 'n vuurtjie brand. En dit is waar, Jana my kind. As mens voor 'n oop vuur sit, dan loop jou gedagtes 'n ander pad."

Ouma Lien vat 'n slukkie uit haar beker. "Ek wens só, ek wens party dae só dat Letjie nog by my kon wees. Ek wonder partykeer wanneer sy na my toe sal terugkom . . ." Sy draai haar gesig weg, kyk aandagtig na iets aan die ander kant van die kombuis. Jana kan nie haar gesig sien nie.

"Nou wat het dan van Letjie Stamboom geword, Ouma?"

Ouma Lien kyk weer na Jana. Sy vee met haar twee hande wat na nartjieskil ruik oor Jana se warm gesiggie. Sy vat die kind se bos wilde hare vas, tel dit op, draai dit in 'n groot knoets bo-op haar kop. Jana sien haar ouma se oë is vol trane, trane wat nie uitgehuil word nie.

"Sy is dood."

"Hoekom, ouma Lien?"

Ouma Lien los Jana se hare saggies, dit spring los uit die los bolla en sak in 'n wolk af om haar skouers.

"Omdat ek nie goed genoeg kon toor nie."

19
Piekniek

Ouma Lien hou van piekniek. Piekniek is nie net vir Saterdae nie. Sy is altyd gereed om 'n rugsak te pak en êrens saam met Jana piekniek te hou, of dit nou sesuur in die oggend is of seweuur in die aand. KleinStorm kom nooit saam nie, hy is altyd te besig in die kelder of in die wingerd of in sy kantoor. OuStorm kom wel partykeer saam, maar hy sê deesdae sy knie keil hom te veel op, hy kan nie meer bybly met sy vrou en kleinkind wat soos wilde bokke oor die plaas kerjakker nie. Ouma Lien sê dis nonsens daai, OuStorm wil voor die TV sit en krieket kyk. Die Proteas speel teen Australië en hy wil niks mis nie, veral nie as dit lyk asof die Proteas aan die wenkant is nie. Dus is dit meestal net sy en Jana wat loop. En Raka agterna.

Mens kan op enige plek piekniek hou. By die rivier onder die populierbome wat musiek maak in die wind, of in die berg tussen die boegoe en fynbos, of êrens in die olienhoutbos waar hulle uile tussen die donker blare van die bome kan sien slaap.

Hulle eet 'n toebroodjie of soetkoekies. Ouma Lien skink vir Jana tee uit 'n fles; sy drink 'n glasie wyn. Wyn smaak anders buite, sê sy, baie lekkerder as in 'n deftige voorkamer in die huis. Wyn moet buite gedrink word en dis nog beter as dit gedrink word op die plaas waar dit vandaan kom. Sy kan sommer haar eie handewerk proe in die wyn, sê sy; haar eie werk en Desry en tannie Nettie s'n en Hester en al die ander vrouens s'n ook.

"Proe Ouma Skeelpiet se werk ook in die wyn?" vra Jana.

"Nee. Skeelpiet sny nie druiwe nie, hy ry net die trekker en dis nie juis harde werk nie. Bowendien, as Skeelpiet se sweet in hierdie wyn is, sal dit dit seker suur trek," lag sy.

Ouma Lien se klein rugsakkie hang permanent gereed aan die kapstok op die agterstoep by die kombuis, gepak met 'n warmflessie, twee blikbekers, een wynglas en een klein likeurglasie, 'n kurktrekker, 'n snoeiskêr en 'n leë plastieksak. Die plastieksak kom nooit leeg terug werf toe nie. Hulle tel dennebolle op vir die vuur, of mooi klippe, of sny 'n paar takkies boegoe. Ouma Lien het selfs eenkeer 'n baba-eekhorinkie wat uit die nes geval het, teruggebring. Dié eekhorinkie, Aspatat, het bly lewe met warm melkies uit 'n babapop se tietiebottel, hondmak geword, en was bitterlik stout. Hy het sy nes bo-op een van die gordynkappe in die voorhuis gemaak en van daar die huis en die huismense geterroriseer. OuStorm het gedreig hy gaan die klein pes doodmaak, maar het nooit so ver gekom nie. Hy was tog te dankbaar toe die klein verdelgsel op 'n dag saam met sy wilde maters weg is, terug bos toe.

As ouma Lien nie dennebolle of baba-eekhorinkies met haar staptogte optel nie, dan tel sy stukke plastiek en ander rommel op wat die wind van die buurplase aanwaai. Op

Stormkloof laat OuStorm nie toe dat een enkele tjipspapier of 'n stuk baaltou of 'n bottelstuk rondlê nie, alles word opgetel.

Net voordat daar gestap word, pak ouma Lien die flessie tee of koejawelsap in die rugsak. En 'n botteltjie koue wyn.

"Gaan ons 'n bietjie stap, Jana?"

Jana is reg.

Raka die Rooie kom van nêrens af aangehardloop en lag met 'n wye bek, tog te bly om 'n ver ent saam met die meisies te gaan stap.

Hulle loop oor die rivierbruggie met die bergpad op. So ver soos hulle loop, kyk ouma Lien na die wingerd, die pad se spoel ná die reën, die onkruid, die donsskimmel, die slakke, die witvlieg, die grensdraad, die wis en die onwis, die kalf in die put. Mens sien net wat aangaan en foutgaan op jou plaas as jy daar is om te kyk, sê ouma Lien.

"Ek dink ons kan maar begin snoei, die wingerdblare is af." Sy loop 'n entjie in die blok cabernet franc in, bekyk die droë takke van die wingerdstokke. "Ja," sê sy, "herinner my tog dat ek jou pa daarvan sê."

Jana weet nie wat sy moet onthou van die wingerdstokke nie, maar dit maak nie saak nie, ouma Lien sal wel onthou wat sy vir KleinStorm wil sê.

Hulle stap verby die laaste wingerdblok, nog hoër op teen die berg. "Hierdie deel is ons beste wingerdgrond, Jana," sê ouma Lien. "Jy moet dit eendag mooi oppas as dit joune is. Sien jy hoe mooi val die son teen hierdie helling? Perfek. Ons beste wyn kom uit hierdie blok. Die liewe

Vader het hierdie berg en hierdie stuk grond spesiaal vir 'n glas cabernet gemaak."

Jana sien die skuins son koper skyn teen die droë winterstokke, maar sy sien nie wyn nie.

Hulle klim bo die wingerd uit, tot hoog bo in die berg waar die boegoe en proteas en 'n paar olienhoute groei. Hulle draai uit die voetpad weg, loop 'n entjie aan na 'n groot boom wat naby 'n skeur in die berg staan.

Hulle plek.

20
Plek

Kyk 'n bietjie: 'n broeiende berg wat miljoene jare gelede as lawa uit die aardkors geborrel en opgeskiet het en hard geword het, toe 'n verskriklike berg geword het. Kyk na 'n rots so groot soos 'n huis wat duisende jare gelede bo uit die berg losgebreek en die afgrond afgekletter het, holderstebolder en klipperig en met kliphard geluide van klap en sweep totdat dit uiteindelik halfpad teen die berghelling tot stilstand gekom het, en nooit weer 'n aks beweeg het nie. Kyk na die boom, 'n klein boompie wat tweehonderd jaar gelede in 'n skeur van hierdie yslike rots onder die bergpiek ontkiem en begin groei het, oor die rots gegroei het en so groot geword het dat dit nou die hele klip toemaak met sy stam en sy skaduwee. Kyk verder: 'n vrou met grys hare wat haar kleindogter in die veld laat loop tussen boegoe en heide, en 'n klein dogtertjie met sproete en 'n kop wat soos vlamme gloei.

Ouma Lien en Jana moet onder die boom se takke inbuk voordat hulle daar is, in die afgeslote, koel oopte onder die takke. Die rots beslaan die grootste gedeelte van die oopte onder die boom. Soos die muur van 'n huis rys dit uit die grond, asof dit uit die aarde gegroei het. Geen mens sal hierdie knoets kan beweeg nie, net dalk 'n aardbewing, eendag. Maar nie eens die aardbewing wat jare gelede die plaashuis se gewel laat kantel het, het hierdie rots beweeg nie. Ouma Lien hét kom kyk, 'n paar dae nadat die aardbewing die berg en die plaas laat skud en beweeg het.

Mens kan met die skurwe stam van die boom opklim tot bo-op die rots. Dan sit jy met jou bas op 'n klip en jou kop in die takke. Van die voetpad se kant af hang die boomtakke tot amper op die grond, van buite af sal niemand kan dink dat daar 'n opening onder die boom is nie.

Aan die ander kant, die vallei se kant, is dit oop en mens kan die hele wêreld sien daarvandaan. Binne is daar net 'n groen stilte.

Dit is Jana se plek hierdie, haar en ouma Lien se plek.

Ouma Lien het vir hulle elkeen 'n dennehoutstomp met die trekker laat aanry, 'n grote en 'n kleiner een, wat hul sitplekke is. En 'n lekker lang plank, staangemaak op twee kleiner stompe, wat nou hulle tafel is.

"Toe jou ma jou nog in haar maag gedra het, toe het ek alreeds hierdie plek vir ons reggemaak, Jana."

Jana het dié storie al 'n honderd keer gehoor, maar sy gee nie om nie. Sy sal altyd weer luister hoe ouma Lien hierdie plek vir haar reggemaak het.

Ouma Lien gaan sit op haar stomp wat teen die rots staangemaak is en haal die rugsakkie van haar skouers af. Jana gaan sit op die kleiner stomp. Haar sitplek is skuins oorkant ouma Lien. Die stompe waarop hulle sit se sykante is dik met mos begroei. Groen en helderrooi swamme groei plek-plek uit die bas. As ouma Lien op haar stomp sit, leun

77

sy lekker terug met haar rug teen die rots. Jana sit met haar rug teen 'n gedeelte van die boomstam.

"Hoe het Ouma geweet dit moet hierdie plek wees?"

"Ek het sommer net geweet dit sal vir jou mooi wees. Ek het so gretig vir jou gewag, Jana! Die dag toe ek gehoor het jy is op pad, was ek die blyste mens op aarde. Toe ek hierdie plek gekies het, het ek hier en daar 'n gemorsbos en 'n katstert uitgesny en vir ons die stompe laat aanry met die sleepwa. En toe het ek net verder gesorg dat die lelies en die bloublomsalie lekker groei, soos hulle dit nog altyd doen." Sy vee versigtig met haar hand oor een van die sterlelies wat onder teen die rots groei. Die ritsie blommetjies hang soos verskietende sterretjies aan 'n groen stingel. "Hierdie plek is net ons s'n, myne en joune."

"En as ek 'n seuntjie was?"

"Dan het ek nog steeds 'n spesiale plek gesoek, maar dit sou seker nie hier gewees het nie, ek sou 'n seuntjieplek gekies het. Maar ek het sommer geweet jy is 'n dogtertjie. Terwyl ek gesoek het waar ons plek sal wees, het ek die hele tyd gedink: As ék 'n Boesmanvrou was wat hier in die berg gewoon het, waar, waar sal die lekkerste en veiligste plek wees om my babatjie groot te maak? Toe ek hier kom en onder die boom staan, presies net hier waar my stomp nou is, toe sê hierdie boom vir my: Hier, net hier moet jy vir klein Jana 'n speelplek maak . . ."

"En hoe het die boom se stem geklink?"

"Dit was so 'n diep, mooi stem, nie te oud nie, nie te jonk nie . . ."

"En watter taal het die boom gepraat?"

Ouma Lien skroef haar oë op soos sy terugdink en probeer onthou. "Boomtaal, as ek reg onthou . . . of was dit dalk Boesmantaal? Nee, dit wás Boesmantaal, Jana. Ek kan nog goed die klapklanke onthou waarmee die boom gepraat het."

"Boesmantaal? Praat bietjie Boesmantaal, Ouma?"

"!X'i !X'ai !X'uri !X'um . . ." klap ouma Lien se tong.

"Sê weer, ouma Lien?" vra Jana.

"!X'i !X'ai !X'uri !X'um."

Dit voel vir Jana asof al haar hare orent staan. Haar kop knetter, haar ore brand, haar hart klop in haar keel.

"Kan Ouma dan Boesmantaal praat?" fluister sy, skielik te bang om te praat.

"Nee, natuurlik nie! Ek ken net 'n paar woorde. Dis 'n rympie wat Letjie Stamboom altyd opgesê het."

Jana se hart klop verskriklik hard. Sy kan haar hart hóór klop. Sy vra: "Wat beteken !X'ai? En !X'uri?"

Ouma Lien kyk skerp na haar, want Jana het die klap-klank perfek gemaak. "Ek weet nie, Jana, dis maar net die rympie wat Letjie my geleer het sodat ek die klanke kan leer. Toe, toe, is daar dan niks in daardie rugsak nie?"

Jana haal haar blikbekertjie uit die rugsak en sit dit op die planktafel tussen hulle neer. Ouma Lien gooi dit vol koejawelsap. Vir haarself skink sy 'n glasie wyn. Jana kry ook 'n glasie wyn wat sy kan drink as sy haar sap opgedrink het, maar haar glasie is niks groter as 'n nagmaalglasie nie. Dié word ook solank volgegooi en op die plank neergesit.

Ouma Lien rek haar behaaglik uit en leun terug teen die rots. "So ja."

Raka die Rooie weet hy gaan nie nou aandag kry nie en hy snuffel weg tussen die tolbos en die boegoe.

Jana kyk uit oor die vallei onder hulle. Ver, ver onder hulle kan sy sien Skeelpiet ry op 'n trekker, Jan en Sollie is besig om stukkende pale uit die wingerd te haal en nuwes in te plant.

"!X'i !X'ai !X'uri !X'um . . ." fluister sy.

Ouma Lien lê met toe oë teen die rots, maar sy hóór wat Jana sê. Haar hart begin bons.

Van vreugde. Van verdriet. Van onthou.

Van Letjie.

21
Letjie

Hulle stap deur die klipveld, klein Lien en Letjie Stamboom. Lien se ma is gerus as Lien by Letjie is. Letjie Stamboom is 'n vrou van die veld, sy weet hoe om katvoet te loop vir slange en onheil. En Letjie het eindelose geduld met die kind wat nie tot rus kan kom in 'n huis nie.

Lien gaan staan in die middel van 'n groot klomp ligeenklippe. Die kliprose is liggroen en dik gespat oor al die klippe om haar. Verder weg is die klippe skoon. Dit is net op hierdie kol dat die ligeen op die klippe groei. Party ligene is net 'n kolletjie, 'n kathandjie, 'n stralekransie of 'n druppeltjie op die skurwe klip, ander klippe is geheel en al toegekors onder die ligeen.

"Letjie, waar kom hierdie blomklippe vandaan? Hoekom lê hulle net hier en nie daar anderkant nie?"

"He he he . . ." lag Letjie met haar mond met die min tande. "Ek sal jou vanaand wys as jy na my toe kom."

"Maar sê nóú, Letjie!" kerm Lien.

"It sal niks help nie, jy sal nie verstaan as ek jou nou sê nie. Vanaand as dit donker is, dan wys ek jou."

"Letjie!" Maar Letjie Stamboom steur haar niks, sy neurie 'n vaal deuntjie agter in haar keel. Hulle drentel deur die veld, tel hier en daar 'n klippie op, sit dit weer neer.

"Kyk, Lien, hier groei 'n vetmensie."

Lien kyk na die ronde plantjie wat Letjie wat vir haar wys. " 'n Vetmensie?"

"Ja, so lyk mens as jy te veel eet. Nes hierdie plantjie."

"En dié een, Letjie, dié een wat soos 'n pennetjie orent staan?"

"Dit is 'n koesnaatjie. Hy kruip altyd weg. Mens sien hom nie aldag nie. As 'n meisiekind skaam is, dan sê ons sy is koesnaatjie."

Die veld is geil en uitbundig. Dit het die afgelope twee maande goed gereën, amper vier duim, elke nou en dan 'n duim of meer. Daar is nog nie juis blomme nie; dit sal met die vroeglente kom, nou is dit nog te koud. Daar is reeds kankerbos en die duiwelsklou wat kop uitsteek, maar hier en daar staan 'n gousblom al goudgeel uit tussen die ander vaal en groen bosse. Oor 'n maand is jou oë skoon seer van al die pers in die vygiebos. Letjie se oë speur oor die veld. Sy buk kort-kort, grawe 'n knolletjie uit met die skerp stok wat sy altyd by haar het, breek hier en daar 'n takkie af, pluk 'n klompie sagte blare van die wildesalie wat in blom is. Dit alles kom in haar velsakkie wat met 'n riempie om haar middel vasgebind is.

"Letjie, wat het jy alles daar in daardie sakkie? My pa sê dis jou toorgoed."

"He he he," lag Letjie deur haar min tande. "Einste so."

"Wat toor jy?"

"It wat nodig is om getoor te word."

"Sal jy my wys hoe om te toor?"

"Ja, as jy wil."

"Sal jy my vanaand leer?"

"Nee, ek leer jou sommer nou, terwyl ek loop. Jy moet net kyk wat ek doen en oplet. En onthou."

Lien hou Letjie fyn dop, maar sy sien niks toordery nie.

Letjie neurie 'n ander wysie as netnou. "!X'arribos vir kanker en koors," sê sy terwyl sy 'n paar takkies !x'arribos pluk. "Kook en kook en kook met water van die eerste winterreën."

22
Ster

Toe dit donker is, sluip Lien na Letjie se huis. Letjie Stamboom bly alleen in haar huisie van matjiesgoed; sy het nie meer kind of kraai op die plaas nie. Haar man is hoeka al dood; haar oudste kind werk skaap op 'n plaas verder op in die Kro anderkant Sitterland, die jongste een het werk gekry by 'n kwekery naby Ceres. Letjie het 'n vuurtjie gemaak net buite die deur van haar hutjie. Sy sit op haar hurke voor die vuur, haar rug teen die muur agter haar. Daar is 'n klein potjie op 'n paar gloeiende kooltjies langs die vuur, die stoom binne die potjie laat die deksel op en af bibber.

"Die kliprose, Letjie, wys my!"

Letjie antwoord nie. Haar oë is toe.

"Letjie, slaap jy?"

Lien gaan sit langs Letjie op die grond, trek haar knieë op tot onder haar ken. Teen dié tyd weet sy al dat Letjie net praat as sy wil. Letjie raas met haar en sê sy praat te veel. Lien moet leer om haar mond te hou en meer te dink. Praat is goed, sê Letjie, maar mens hoor meer as jy dink. Nou hou Lien haar mond. Sy dink. Sy kyk na die vlamme wat rondspring in die vuur. Ná 'n rukkie kan sy sien hoe dans 'n klomp klein spokies in die vuur. En vuurvliegies wat al om die vuur draai. Sy is seker sy sien hulle, al hét haar ma gesê daar is nie vuurvliegies in die Tankwa nie. Lien se oë bly op die vlamme. Sy ruik die droë stompe soetdoringhout wat brand, en iets soos veldkruie wat Letjie ook in die vuur gesit het. Dit ruik soet en bitter tegelyk. Iets snaaks gebeur met Lien, dit voel vir haar asof haar lyf, net daar waar sy lekker styf teen Letjie se matjiesmuur sit, ook begin dans. Al sit sy tjoepstil, beweeg haar arms en haar bene saam met die spokies en die vuurvliegies in die vlamme. Dit is asof sy droom én wakker is. Dis amper asof sy gelyk van waar sy sit na die vuur kyk én van bokant haar kop afkyk na waar sy langs Letjie voor die vuur sit. Sy sien vir Letjie, sy sien haarself langs Letjie. Sy wil nie hê die gevoel moet weggaan nie. Dit is soos 'n droom waarin mens kan vlieg.

"Lien," sê Letjie.

Lien hoor haar nie.

"Lien!" sê Letjie.

Lien vat stadig haar oë weg van die vuur, sy kom stadig van bokant haar kop terug aarde toe, sy kom terug uit die vuur, terug in haar eie lyf, terug na Letjie toe.

"Ek sal jou nou wys."

"Wat?"

"Waar jou klippe vandaan kom." Lien is skielik wawyd wakker.

"Waar is hulle?"

"Kom."

Letjie staan op en loop na die agterkant van haar huis. Sy gaan sit weer op die grond en trek vir Lien saam met haar af. "Nou wag ons."

Dit is stikdonker noudat hulle weg is van die vuur. En koud. Lien trek haar trui se moue af tot oor haar hande, en die onderpunt van haar trui oor haar opgetrekte knieë, maar dit bly koud. Sy skuif tot styf teen Letjie se lyf. Die sterre hang in skitterende trosse in die donker lug. Die Melkweg is 'n wasige, romerige baan. Daar is nie 'n teken van die maan nie, nie eens 'n skrefie êrens nie. Maar dit is nie 'n pikswart nag nie, die hele lugruim vonkel.

"Waarvoor wag ons, Letjie?" vra Lien saggies, te bang dat iets sal verander as sy hard praat.

"Jy sal sien."

Letjie en Lien kyk op in die lug. Hulle wag.

En toe sien hulle dit albei: 'n verskietende ster wat helder in die lug ontplof en met 'n blou, brandende baan deur die lug trek.

"Kyk, Lien," sê Letjie, "kyk mooi waar hy val!"

Die ster verdwyn in die donkerte. Letjie trek met haar maer hand die pad van die ster se baan aarde toe.

"Sien jy, daar, net agter Gousbloemhoogte, dáár het hy geval. Môreoggend vroeg, as jy daar is voor die son opkom, sal jy sien hoe lê die ster wat geval het nog nat op die klippe. Maar jy moet daar wees voor die son opkom. As die son eers skyn, dan word dit hard en skurf, dan is dit nie meer ster nie, dan is dit klip. Maar as jy dit nie môre sien nie, sal jy dit dan nooit weer sien nie, nooit weer nie. Mens kry nét een keer in jou lewe 'n kans om 'n ster in jou hande vas te hou."

23

Kliproos

Lien slaap nie, sy is te bang dat sy dalk so vas aan die slaap raak dat sy eers ná sonop wakker sal word. Toe Koninghaan, die swart hoenderhaan wat almal op die werf bestorm en pik, sy eerste kraai gee, spring sy op uit haar bed. Dit is bitter koud. Sy trek vinnig haar klere aan, 'n trui bo-oor haar hemp. Sokkies en skoene. Toe sy die raam saggies opskuif en deurklim, is dit nog stikdonker buite, maar sy weet die son is nie ver van opkom nie. En dit is nog 'n entjie se hardloop Gousbloemhoogte toe. Lien was nog nooit bang vir die donker nie. Sy en haar pa en sy en Letjie het al baie in die donker buite geloop. Sy weet hoe om te kyk in die donker en sy ken die pad.

Toe sy deur die plaashek is, is daar reeds 'n vae gryserigheid op die horison in die ooste. So vinnig as wat sy kan, draf sy met die tweespoorpad af en deur die rivierloop. Die rivier loop nie meer nie, maar hier en daar staan daar nog groot poele water van die vorige week se reën. Sy spring tussen die poele deur tot op die oorkantste wal en hardloop op met die pad wat oor Gousbloemhoogte loop. Regoor die plek waar sy die ster sien val het, draai sy weg uit die pad en loop in die veld in. Sy vorder stadiger. Daar is oral klippe en bosse wat haar pad versper. Sy begin die klipkoppie uitklim. Toe dit begin lig word, is sy op die plek waar sy die ster sien val het. Sy is doodseker sy is op die regte plek, sy het duidelik gesien waar die ster val. Uitasem gaan sy staan, haar wange en haar hele lyf is vuurwarm. Stadig kry sy haar asem terug. Soekend loop sy, haar oë op die grond. Daar is niks wat anders as gewoonlik lyk nie, daar is nêrens ligeenklippe nie, net gewone klippe en harpuisbos en vygiebos en gannabos en grond.

Dit wás mos hier, sy én Letjie het gekyk!

Die horison is nie meer grys nie, dit word rooi.

In al groter wordende sirkels stap sy, haar oë speurend tussen die bosse en die klip.

'n Paar sekondes voordat die son oor die rantjie opkom, die lug vol blou en pers en rooi strepe, kry sy dit. Tussen 'n klompie kraalbos, oopgespat oor 'n paar klippe, lê 'n nat ster.

Toe sy saggies daaraan raak, is die ster nog warm onder haar vingerpunte, en vloeibaar.

Lien staan op haar knieë en kyk na die kliprose voor haar, agter haar, om haar. Die son kom stadig op en begin verblindend oor die aarde skyn. Reg voor haar oë verander die klippe. Die silwer, warm ster stol op die klippe waar dit gespat het, dit word sagte liggroen, ligblou, ligrooi kliprose.

Lien tel die klip met die mooiste kliproos op. Sy loop daarmee huis toe en hou dit die hele tyd versigtig in die palm van haar hand.

24
Klap

"Wie het jou leer toor, Letjie?"

"My ouma se ma."

"Wat was haar naam?"

"Bongi."

"En wie het jou ouma se ma leer toor?"

"Bongi se ouma."

"En wat was haar naam?"

"!Xiki."

"En wie het vir Kiekie leer toor?"

"Nie Kiekie nie, !Xiki." Letjie Stamboom klap met haar tong. "!Xiki."

"Ek kan nie soos jy Kiekie sê nie," sê Lien met 'n sleeptongetjie, "dis te moeilik."

Letjie Stamboom vat Lien se gesig vas tussen haar twee bruin, maer hande. Met haar een hand se vingers maak sy Lien se mond effentjies oop. Sy maak ook haar eie mond oop, sodat Lien die klank in haar mond kan sien. "!Xi," sê sy, "druk jou tong saggies agter jou tande en dan sê jy '!Xi'."

Lien maak haar mond nog groter oop. Haar tong is op die riffie agter haar voortande. "!Xi," sê sy.

"En nou sê jy: '!Xiki'."

"!Xiki," klap Lien se tong.

"En nou sê jy: '!X'i !X'ai !X'uri !X'um . . .'"

"Dis te moeilik, Letjie!"

"It is nie! It is presies soos jy nou net gesê het!"

"!X'i !X'ai !X'uri !X'um . . ." sê Lien.

Letjie lag tevrede. "Sien jy?"

"Wie het vir !Xiki leer toor?"

"!Xiki se oor-ouma."

"En wat was !Xiki se oor-ouma se naam?"

"Nampti. "

"En wie het vir Nampti leer toor?"

"Die eerste Boesmanvrou wat /Kaggen vir my familie gemaak het. Sy is ons voorste vrou, ons belangrikste vrou."

"En wat was háár naam, Letjie?"

"!X'uri."

25
Olifant

"!X'uri," vra Jana, "waar is jou mense? Hoekom is jy alleen hier?"

!X'uri se ogies trek skrefies teen die son.

"Ek is nie alleen nie, my mense is hier, en daar. Hulle trek oor die land."

"Waar is jou ma en jou pa?"

!X'uri antwoord nie, sy krap met 'n stokkie in die grond voor haar. Met die skerp punt van die stokkie druk sy kolletjies in die stukkie grond wat sy met 'n plathand oopgevee het. 'n Lang ry kolletjies, twee langs mekaar. Sy draai die stokkie in haar hand om en begin met die ander kant strepies trek. Die strepies word 'n dier, 'n olifant met 'n lang slurp, maar soos dit vir Jana lyk, is dit 'n baie snaakse olifant, een met dun, lang bene, bene soos 'n spinnekop s'n. !X'uri teken eers klaar voordat sy praat. "Ek dink my ma is op dieselfde plek as jou ma."

"My ma is in Ierland, my pa sê so. Maar ons weet nie of sy nog leef nie. My oupa sê sy is dood, want sy sou ons nie net so gelos en verdwyn het nie, nie my ma nie. Maar ons weet nie hoe sy dood is nie. My pa wil nie hoor sy is dood nie, hy sê sy lewe. Maar as ek hom vra hoekom sy dan nie terugkom nie, dan wil hy nie verder praat nie."

"Jy moet jou ma gaan soek," sê !X'uri. Sy begin om 'n tweede olifant te teken, bo-oor die ry kolletjies wat sy gedruk het. Die olifant se hele lyf word vol kolletjies.

"Waar is sy dan, !X'uri?"

"Dit sal ons weet as jy haar kry."

"Waar moet ons soek?"

!X'uri druk die stokkie in Jana se hand. Sy buk af en vee 'n ander plek op die grond oop met haar hand. "Teken jou ma, Storm, dan kyk jy of jy haar kan kry."

Jana buk af op haar knieë, begin kolletjies in die grond druk soos sy vir !X'uri sien doen het. Bo-oor die kolletjies begin sy teken. 'n Kop, 'n lyf, arms wat bo die lyf uitstaan, 'n wye, waaiende rok, voete. Die kop is nog nie klaar nie, dit kry hare by, lang, krullerige hare wat uitwolk om die lyf en in 'n stormwind wapper.

"Ons moet die wind vra, Storm, die wind sal weet waar jou ma is."

26
Wind

"Die wind was eers 'n meisie," sê !X'uri, "die mooiste meisie in die hele wêreld."

"Die wind was nie net beeldskoon nie, sy kon ook pragtige musiek maak. Sy het saans om die vuur gesit en gesing en haar hande geklap sodat die jagters en die mense van haar stam kon dans op die ritme wat sy geklap het. Niemand was so goed soos sy nie: As sy haar hande begin klap, dan kon niemand stilsit nie, almal wou dans met die musiek van haar stem en haar hande. Soms was haar wysie en handeklap stil en stadig en treurig, soos 'n wilgerboom se takke, ander kere was dit vinnig en vrolik, soos wanneer 'n bokmakierie se fluit uit sy keeltjie kom. Die wind was baie, baie mooi, en sy het ewe mooi musiek gemaak, maar ongelukkig was sy ook 'n baie opvlieënde meisie. As sy eers kwaad geword het, dan het sy nooit stilgebly nie. Sy het harde en lelike woorde gesê om die kwaad uit haar te kry en kon dan nie ophou praat voordat al die kwaad uitgekom het nie. Die mense was almal bang vir die wind. Hulle het probeer om haar nie kwaad te maak nie – hulle wou haar gelukkig hê sodat hulle snags kon dans met die vrolike klap van haar hande. Maar sy kon maklik en vinnig kwaad word, selfs vir dinge wat niemand anders kwaad gemaak het nie.

"Toe die wind 'n jong vrou word, het sy haar hart verloor op die dapperste jagter van haar stam, !X'am, die jagter wat drie dae aaneen kon hardloop en nooit moeg raak nie. !X'am was die een wat altyd op die jagtog die bok gekry het. As al die ander jagters in die veld lê, pootuit en sonder asem en smeek vir 'n slukkie water, dan het !X'am nog steeds die spoor gevolg en aangehou met hardloop. Terwyl die ander jagters nog lê en hulle asems in die sand blaas, dan het !X'am reeds die eland of die gemsbok of die springbok met sy pyl en boog geskiet. Teen die tyd dat hulle weer by hom uitgekom het met hul asems nog steeds vlak in die keel, het hy al klaar die bok oopgesny en die lewer opgeëet. 'He he he . . .' het hy gelag vir die manne as hulle by hom aankom, 'die lewer van die groot eland is vir die manne, nie vir 'n kind wat soos 'n skilpad in die sand speel nie.'

"Al die meisies van die stam het met warm oë na !X'am geloer, en elkeen het gewens dat hy op 'n dag die vars lewer van 'n bok vir háár sal bring, maar !X'am het nog nie sy keuse gemaak nie. As hy van die jag teruggekom het, het hy die lekkerste vleis van die bok afgesny en dit eers vir sy ouma gegee, en dan vir sy ma. Geen meisie het iets by hom gekry nie, al het hulle die mooiste kraaltjies in hul hare gevleg en skelmpies vir hom geglimlag as hy in hul rigting kyk. !X'am het na die wind gekyk, en gesien hoe mooi sy is, maar omdat sy so buierig was, wou hy haar nie hê nie. Nee, het hy gedink, in die oggend dans en sing, maar in die aand 'n groot gedruis en harde woorde, atta, nee.

"Op 'n dag het !X'am en die jagters weer uit die veld

gekom met 'n gemsbok wat hulle geskiet het. !X'am het die beste vleis afgesny en dit soos altyd eers vir sy ouma gaan gee, en toe vir sy ma. Vir die eerste keer in sy lewe het hy daardie dag ook 'n bietjie van die lekkerste vleis gaan gee vir 'n meisie met die naam Ai'la. Ai'la was nie so mooi soos die wind nie, maar sy het oë gehad wat sag was en altyd gelag het.

"Al die mense van die stam het gesien wat gebeur het en geweet dat !X'am sy keuse gemaak het; hy sou nou snags by Ai'la sy karos ooprol en deur die koue nag agter haar rug lê.

"Die wind het baie kwaad geword toe sy sien wat gebeur, maar vir die eerste keer in haar lewe het sy nie 'n woord gesê nie. Daardie aand om die vuur, toe almal klaar geëet het, het sy weer haar hande begin klap, maar sonder om te sing. Die jagters het opgespring en begin dans, ook die kinders en die ou vrouens, almal het begin om saam te dans. Die wind se kwaad was diep in haar hart. Sy het begin om haar hande al harder te klap, al harder en vinniger. Die mense het gedans, al vinniger en vinniger, hul voete het 'n stofwolk om die vuur geskop. Nog harder en nog vinniger het die wind haar hande geklap. Die mense wat gedans het, het moeg begin word. Dit was nie meer lekker nie. Een vir een het hulle gaan sit, uitasem en sonder vreugde.

"Net !X'am het aangehou met dans, vinniger en vinniger. Die wind het nie opgehou met hande klap nie. Dit het begin klink soos 'n groot reën wat aankom met die donderweer, maar steeds het sy nie opgehou nie. Die hele nag het sy haar hande geklap, en steeds het !X'am gedans, al het ook sy asem begin fluit. Ai'la het langs die wind neergeval en haar gesmeek om op te hou. Asseblief, hou op, het sy gehuil, maar die wind het net hard gelag en aangehou. Die wind het haar hande geklap, en !X'am het gedans, totdat selfs hý nie meer kon nie. Met 'n dowwe slag het hy langs die vuur neergeval. Sy asem was weg, sy hartklop was weg. Hy was morsdood.

"Toe die wind sien wat sy gedoen het, het sy groot geskrik en opgehou. Sy het haar hande in die lug opgesteek. Dit was vol bloed wat stadig teen haar arms afgeloop het. Voor almal se oë het die wind se hande verander, hulle het gesien hoe haar vingers verdwyn en in vere verander. Haar arms het ook vere gekry, en toe haar hele lyf. Sy het opgestaan, maar toe sy opstaan, styg sy op, al hoër en hoër, totdat sy ver bokant die aarde gehang het.

"Die wind het baie hartseer geword en 'n treurige liedjie gesing:

die wind treur altyd
omdat sy alleen is
die wind lag nie
sy sing die lied van verlangste

"Van toe af sweef die wind oor die aarde. As sy gelukkig is, dartel sy speels oor die aarde en skop klein stofwolkies in die mense en diere se oë om hulle te terg. As sy haar humeur verloor en kwaad word, jaag sy donker stormwolke oor die aarde. Die mense kruip weg in hul skerms om van

haar woede te ontsnap. As sy haar vlerke klap, slaan die don-
derweer. As die wind nie meer kwaad is nie, gee sy 'n lang
sug en gaan lê laag teen die aarde. Soms, as sy onthou dat sy
'n meisie was, huil sy droewig en alleen, en al die mense
hoor haar liedjie.

die wind treur altyd
omdat sy alleen is
die wind lag nie
sy sing die lied van verlangste

"Die wind beweeg oor die hele aarde en sien alles wat
gebeur."

27

Klipveld

Nooit, nooit, nooit word Lien moeg daarvan om in die veld te loop nie. Letjie ook nie. As Lien se ma vir Letjie losmaak van haar werk in die kombuis en die melkkamer, dan loop hulle die veld in. Lien se ma sit 'n halwe fles soet koffie met twee blikbekers in Lien se klein rugsakkie, sorg dat sy 'n hoed op haar kop het en dan kan hulle gaan.

"Kyk tog mooi, Letjie," waarsku Lien se ma, maar sy weet by Letjie is die balhorige Lien in veilige hande.

Hulle hou veral daarvan om in een van die honderde klowe tussen die koppe op te loop. Op die gelyk vlak naby die rivier, daar waar die kloof sy water in die reëntyd na die rivier toe gooi, lyk dit partykeer asof die kloof net 'n vlakkerige spoelsloot is, en soms is dit ook, maar hulle weet al dat sommige van hierdie slote verder op tussen die koppe diep en donker word, met rotsriwwe wat baie hoog bokant hulle uittroon. Party plekke is so hoog en steil dat niks daar sal kan uitklim nie, nie eens die klipspringers en grysbokke of selfs nie eens die trop bobbejane wat blaffend oor die kranse spring en aalwynstingels afbreek en uitsuig nie.

"Vir wat suig die bobbejane aan aalwyne, Letjie? 'n Aalwyn is mos galbitter en sleg! Hou bobbejane dan van galbitter en sleg?"

Letjie tel een van die stingels op wat die bobbejane argeloos afgebreek en laat lê het. Aan die bopunt van die stingel is die rooi aalwynblom, nog skaars oop, maar reeds besig om te verlep. "Proe hier," sê sy en hou die stingel uit na Lien.

"Ag, sies! Ek eet nie waar 'n bobbejaan met sy bek gekou het nie," sê sy vies en trek haar neus op.

"Moenie simpel wees nie! Hierdie een is nie gekou nie, jy kan mos sien it is net afgebreek en laat lê. En jy moenie jou neus optrek vir 'n bobbejaan nie, as jy eendag in die veld is en jy word honger, dan kan jy maar wens bobbejaan is hier naby."

"Hoekom?"

"Omdat jy dan net kan kyk wat die bobbejane eet. Alles wat 'n bobbejaan eet, kan 'n mens ook eet. As jy self iets moet soek om te eet, dan vat jy netnou duiwelsklou en dan gaan jy dood van die giftigheid."

"Bobbejane eet ook skerpioene. Kan ek ook 'n skerpioen uitgrawe en eet?"

"Ja, as jy weet hoe om die angel af te haal."

"Wil jy vir my sê 'n bobbejaan is 'n goeie ding op die plaas, Letjie?"

"Nee a," sê Letjie, "bobbejane is sleg ook. Jou pa sal weer moet kom skiet onder die goed, hulle raak heeltemal te veel vir hierdie veld en verniel oralster. Hulle gaan lamtyd weer kom lammers haal en doodmaak. Kyk net hoe lyk dit hier: Al die aalweeblomme is afgebreek."

Lien sien dit ook. So ver as wat mens kan sien, het die

bobbejane die aalwyne se blomstingels afgebreek, 'n stukkie van die sagte onderpunte afgekou en die res laat lê. In hierdie kloof sal die aalwyne nie hierdie seisoen soos soldate met brandende fakkels in die hand staan nie, soos haar ma altyd sê. Sy proe aan die sagte onderpunt van die stingel. Dit smaak glad nie soos 'n aalwynblaar se sap nie, dit is sappig en soet. Sy byt 'n stukkie van die stingel af en kou dit. "Mmhmm . . ." sê Lien, "dis nogal lekker!" Verspot sak sy af totdat haar hande grond raak en spring handeviervoet rond, nes 'n bobbejaan. "Boggom! Boggom!" skree sy. Sy kom weer orent en gee vir Letjie die stingel aan. "Wil jy ook hê, Letjie? Proe, dis heerlike bobbejaankos!"

"Nee," sê Letjie, "ek eet nie waar 'n bobbejaan met sy bek gekou het nie."

"Letjie! Ek is nie 'n bobbejaan nie!"

"He he he . . ." lag Letjie met haar mond wawyd oop. "Kom ons loop."

Hulle klim al met die loop van die stroompie op. Daar is nie aalwynblomme nie, maar baie varings en weeskindertjies en klokkies en selfs hier en daar, op 'n beskutte plekkie in die koelte waar die water naby is, klein orgideetjies wat wit aan 'n stingel oor die water hang. Teen die hange blom die botterblomme en die helderrooi wildemalvabosse.

"Ons moet vir my ma 'n steggie van die malva vat," sê Lien, "sy het gevra."

"Volgende keer as ons kom, dan doen ons it, nie nou nie."

"Hoekom nie?"

"Die maan lê op sy rug."

"Wat het die maan te make met 'n steggie?"

"Die maan moet toemaak, dan sny ons steggies vir die tuin, dan groei it saam met die maan. As ons it nou vat, groei it nie. Die maan is te oop."

"Waar sien jy die maan dat jy weet die maan is oop?"

"Ek hoef nie die maan te sien nie," sê Letjie, "ek weet hoe hy staan."

"Is dit nie maar net jy wat die plantjies toor nie?"

"He he he ..." lag Letjie, "as jy wil hê it moet toor wees, dan is it."

"Kan jy toor dat dit elke jaar genoeg reën, Letjie?"

Letjie gaan staan stil, sy kyk ver weg oor die koppe na iets wat Lien nie kan sien nie. "Ja," sê sy.

"Nou hoekom doen jy dit dan nie? Dit was verlede jaar baie droog hier!"

"Jou pa moet my eers vra. En hy vra my nooit nie."

28
Erdvarkgat

Hulle stap tot heel bo in die kloof, oor 'n rotsbank waar 'n paar druppels water nog oor die rand syfer en ondertoe val. Ploenk, ploenk, ploenk val die helder water in die klein poeletjie onder die bank. Dit is vir Lien baie mooi. Sy wil die hele dag net hier sit en kyk en luister hoe klink ploenk, ploenk, ploenk.

"Ons moet stap, Lien, dis netnou donker. Jou ma het gesê ek het nog vleiswerk om te doen."

Lien staan traag op. Sy en Letjie draai weg van die kloof met sy druppels en sy orgideë, sy weeskindertjies en die afgebreekte aalwynblomme. Hulle loop bolangs oor die koppe terug huis toe en klim oor 'n kampdraad. Hulle is nou in die huiskamp, die weikamp waarin die huis en die skaapkrale is. Dit is hierdie kamp waarin die ooie met lammertyd wei sodat hulle saans maklik kraal toe kan kom. Dit is die veiligste kamp. Lien se pa sorg dat hierdie kamp deeglik nageloop word, dat alles toe is met jakkalsdraad en dat dit styfgespan bly en die sparre heel is.

Om hulle is 'n see van gousblom en vygiebos en botterblom. Lien loop met haar oë op die grond. Elke nou en dan sien sy 'n blommetjie wat sy nog nooit voorheen gesien het nie. Toe hulle oor een van die koppe kom, jaag hulle 'n klein troppie klipspringers op: 'n rammetjie, 'n ooitjie en 'n kleiner ooitjie, verlede jaar se lammetjie. Dit duur net 'n paar sekondes, toe is hulle weg. Klip, klip, klip hoor hulle hoe die klipspringers wippend op hul skerp kloutjies teen die klippe wegspring. Lien loop en kyk hoe die bokke wegspring; haar oë is nie op die grond nie en sy sien nooit die groot hoop klam grond voor haar nie. Eers toe sy struikel en val, sien sy die yslike erdvarkgat voor haar, maar Letjie is reeds by. Sy gryp haar aan haar arm en trek haar weg van die gat.

"Los my, Letjie, ek het nie seergekry nie!"

"Ek weet, maar jy weet nie of daar 'n gedierte in daai gat is nie. As jy daarin geval het en daar is 'n ding in die gat, dan was jy nou flenters. Of dood."

"Laat ek kyk of daar iets in die gat is?"

"Nee!"

"Vir wat kan ek nie kyk nie?"

"Wil jy jou kop daar insteek en dan storm 'n ystervark uit en skiet jou vol penne? Of 'n slang kom uit en pik jou? Mens steek nie jou kop in 'n gat nie, nooit nie, mens steek ook nie jou hand in 'n gat nie, nooit nie. Wil jy 'n afkop-meisiekjent wees? Of 'n meisiekjent sonder 'n hand?"

"Kan mens inloer?"

"Nee." Letjie tel 'n paar klippies op en gaan staan 'n entjie van die sykant van die gat. Sy gooi 'n klippie in die wye bek van die opening, en toe nog een. Daar gebeur niks nie; daar is niks wat uitstorm en grommend of pikkend op hulle afspring nie. Sy gooi nog 'n klippie in. Niks.

"As daar niks uitkom nie, en as jy nie 'n geblaas of gesis hoor nie, dan kan jy inloer, maar nie reg van voor nie, van die kant af. En jy bly versigtig!"

Lien kruip stadig nader aan die gat. Sy is nou heeltemal oortuig daar lê 'n gorilla of ten minste 'n nes vol krokodille onder in die gat. Versigtig loer sy oor die rand. Dit is 'n verskriklike diep gat; sy het nog nooit só 'n groot erdvarkgat op die plaas gesien nie. So ver as wat sy kan sien, is daar niks onder op die bodem nie, maar heeltemal seker is sy nie. Dalk loop daar 'n gang verder onder die grond in. "Letjie, die gat is so groot soos 'n grot! As mens wegkruipertjie speel en hier inklim, sal niemand jou kry nie!"

"Ja, klim maar in, maar moenie dink jy sal weer kan uitkom nie. Jy sal vir ewig weg wees. As 'n ystervark jou nie opvreet nie."

"Kan 'n ystervark mens opvreet?"

"Ja, veral as jy in die gat inklim wat sý huis is. Kom, Lien, ons moet huis toe, die son lê laag."

Hulle stap huis toe terwyl die son ondergaan. Ketelberg lê in 'n vuur van rooi son op die horison. Om hulle is 'n wye Karooveld, agter hulle is 'n leë ystervarkgat so groot soos 'n grot, 'n droë kareeboom, klowe wat ploenk, ploenk, ploenk, en klipspringers wat klip, klip, klip.

29

Beswaard

Daar is 'n ernstige saak wat hy met Mevrou moet bespreek, sê Skeelpiet en draai sy hoed in die hande.

Ouma Lien laat hom inkom en oorkant haar by die lessenaar sit.

"Wat is dit, Piet?" vra sy.

"Die saak staan só, Mevrou," sê hy, "ek voel verontrus en beswaard."

"Oor wat, Piet? Praat maar."

"Mevrou moet nou nie aksepsie neem nie, maar dit is oor die spoke op hierie plaas."

"Is hier dan spoke op die plaas, Piet? Watter spook het jou beetgekry?"

"Nie vir my nie, Mevrou, vir StormJana. Sy slaap in die nagte saam met 'n Boesmanspook in die bos."

"Hoe weet jy dit?"

"Ek het dit myselwers gesien. Met al twee my oë."

"En wanneer het jy dit gesien, Piet?"

"Saterdagaand."

"Saterdagaand? Die aand toe die polisie moes gaan kyk het hoekom dit so rumoerig daar by Sarel Syster se huis gaan?"

"Einste, Mevrou."

"Was jy ook daar? By Sarel se huis?"

"Ja, Mevrou."

"Nou?"

"Askies, Mevrou, maar wat bedoel Mevrou met 'nou'?"

"Nou, dan weet jy mos dat jy die spook deur 'n botteltjie Tas gesien het."

Skeelpiet sien dié ding draai vir hom skeef. Hy kry skielik baie warm, asof dit 'n parsdag op 'n bloedige dag in Februarie is. "Mevrou," sê hy, "ek het gesien wat ek gesien het. Ek lieg nie vir Mevrou nie . . ."

Ouma Lien begin skielik lag. "Piet, ek terg jou sommer. Ek waardeer jou bekommernis. Jy bly nou al so lank op hierdie plaas, jy voel soos my eie familie. Piet, jy weet ek kan met jou oor dinge praat wat ek nie met ander mense kan praat nie. Of hoe?"

"Is so, Mevrou," knik Skeelpiet.

"Jy is ook oud genoeg om te weet dat sekere dinge hulleself moet uitsorteer. Is dit nie so nie?"

"Einste so, Mevrou," stem Skeelpiet saam.

"Een van daardie dinge is Jana. Jana treur oor haar ma." Sy kyk af na haar hande. Haar oë is vol trane toe sy weer opkyk. "Ons almal treur oor Jana se ma."

Skeelpiet knik. Hy kry ewe skielik 'n diep treurigheid in hom; oor KleinStorm se vrou wat weggeloop het of dood is, hoe sal hulle ook weet? Oor die Stormkind wat so sonder ma grootword. Maar veral oor Mevrou wat vir hom sê hy is haar bloedfamilie. En omdat Mevrou net met hom siels-dinge kan praat en met niemand anders nie.

"Jana verwerk die dinge op haar eie manier, Piet, sy loop in haar slaap. Sommige kinders doen dit. Dit sal wel verbygaan. Ons hou 'n ogie op haar."

"Maar die Boesmankind dan, Mevrou?"

"!X'uri?"

Skeelpiet se oë rek. Dan weet Mevrou van haar?

Mevrou se oë is baie sag op hom. Skeelpiet kry skoon trane in sy oë as Mevrou só na hom kyk.

"Piet, ek wil nie hê jy moet dit vir almal op die plaas loop en vertel nie. Jy is wys genoeg om te weet om dit tussen ons te hou. Jy weet mos hoe mense dinge kan verdraai as hulle eers begin skinder."

Ja, knik Piet, dit is so.

"Maar ja, ek weet van die dogtertjie. Dis 'n maatjie van Jana wat vir 'n rukkie hier gaan bly. Ek het haar gevra om hierheen te kom."

"So, dit is nie 'n spokie nie?"

"Nee, Piet."

Skeelpiet stap terug wingerd toe. Hy voel diep, diep beskaam. Nooit, nooit weer, neem hy hom voor, nooit weer gaan hy naweke drink nie. Nooit weer te veel nie.

30
Pinkie

Jana sit langs !X'uri op die groot omgevalle boomstomp.
Die son skyn lekker warm deur die bome se yl winterblare.
!X'uri is besig om 'n lang, dun riempie sag te brei. Om en
om draai sy die riempie om haar hand, wikkel dit af, draai
dit dan in 'n kleiner bondeltjie om twee vingers van haar
linkerhand.

"!X'uri, waarom lyk jou hand só?"

"Hoe?"

Jana vat !X'uri se linkerhand en trek die riempie van
haar vingers af. Sy sprei !X'uri se vingers oop op die stomp
tussen hulle. !X'uri het 'n klein, geelbruin handjie met vier
lang vingertjies en 'n pinkie waarvan die eerste lit af is.

"Hoekom is jou pinkie so kort? Is jy so gebore?"

"Al ons mense lyk so. Ons maak dit so. Ons kap dit af."

Jana kan haar ore nie glo nie. "Julle káp julle pinkies af?
Hoekom?"

"Sommer. As 'n babatjie 'n jaar oud is, dan word die
eerste stukkie van die kleinvingertjie afgekap. As jy dit doen,
sal die kind nie doodgaan nie, want dan het jy klaar 'n
bietjie van jouself vir die dood gegee."

"Regtig?"

"Ja. En ons doen dit ook sodat hy eendag as hy oor die

rivier na Too'ga gaan, nie honger sal ly nie. Dis ons offer. Dit sê ons is die mense van hierdie land."

"Is dit seer as hulle jou vinger afkap?"

"Nee."

"Waar is Too'ga?"

"Anderkant die Groot Rivier."

"Sal jy my pinkie ook afkap?"

"As jy wil. Maar jy sal nou die seer onthou. As jy 'n babatjie is, dan onthou jy dit nie."

"Met watse ding kap jy dit af?"

"Met 'n klip."

" 'n Klip?"

"My klip wat jy gevat het."

"Sal jy my vinger ook afkap, !X'uri? Maar net die eerste stukkie, nie my hele vinger nie?"

"Ja," sê !X'uri, "maar ek moet eers vir my 'n klip kry."

"En wanneer sal ek oor die rivier gaan, Too'ga toe?"

"As dit jou tyd is, dan sal jy."

"Was jý al oor die rivier?"

!X'uri lig haar hand op en begin weer die riempie om haar vingers draai. Sy draai haar hand heeltemal toe. Jana kan nie meer haar stomp pinkie sien nie. Twee kolganse vlieg oor die bome, dam se rigting toe. Hulle skree 'n vreeslike skree in die oopte bokant hul koppe. Jana lê terug teen die boomstam op haar rug om te kyk hoe die ganse vlieg, om te kyk of die ganse se skaduwee oor hulle gaan val.

"Ja," sê !X'uri.

Maar Jana hoor nie wat sy sê nie, sy hoor kolgans en lug.

31

Boom

"Waar kom ek vandaan, Letjie? En waar kom jy vandaan? Waar bly al die mense voordat hulle aarde toe kom? Sal jy hemel toe gaan, eendag as jy dood . . . Eina, deksels!"

Lien pluk haar voet op, maar dit is klaar te laat, sy het in 'n droë doringtak getrap. Dit sit onder haar voetsool vas met 'n hele paar klein dorinkies wat in haar voetsool vassteek.

Letjie Stamboom hurk en trek vir Lien ook af grond toe.

"Sit, sit stil dat ek it kan uithaal. Vir wat loop jy so kaalvoet?" Versigtig trek Letjie die stuk doringtak uit en bekyk Lien se voet. "Wag! Hier is nog 'n doring onder die vel." Sy staan op en trek 'n wit pendoring van 'n soetdoringboom af. Met die skerp punt begin sy om die dorinkie uit Lien se voet te grawe.

"Eina!"

"Moenie so skree nie, it is nie só seer nie!"

"Is, Letjie, jy grawe dwarsdeur my voet tot anderkant uit!"

"Waffer nonsies kan jy tog praat, Lien. Dink aan iets anders as die doring."

"Vertel my dan 'n storie!"

"He he he . . ." lag Letjie. "Goed dan." Sy steek haar vinger in haar mond en vee met 'n bietjie spoeg Lien se voet skoon van die stof sodat sy mooi kan sien waar die doring vassit.

"Eendag, lank, lank gelede, was daar 'n groot boom in die veld. Die boom was so groot dat sy kroon die hele aarde toegemaak het."

"Watter soort boom was dit, Letjie?"

"Sjt! It was 'n soetdoring. Onder die boom was daar skaduwee, bokant die boom was daar son. Maar niemand kon die boom se skaduwee gebruik nie, of die boom se vrugte eet nie, of bo in die boom slaap nie, of vuur maak met sy droë takke nie. Terwyl die boom op die aarde gestaan het, was daar nie een mens of een dier of een voël op die aarde nie, want die boom het die hele wêreld vol gestaan en al die plek gevat. Eendag, nadat die reën vir drie dae uit die hemel gestort het en die wind vir drie nagte aan die boom gepluk het, het die boom omgeval. Onder uit die gat wat die boom se wortels uit die aarde geruk het, het daar mense gekom. Al die mense van die aarde het uit die gat gekom, een na die ander, mans en vrouens en kinders. En toe die mense almal uit is, toe het die diere van die aarde begin uitkom. Hulle het uitgekom en uitgekom en uitgekom, honderde diere, al die verskillende soorte, leeus en tiere en skilpaaie en bokke en hase en olifante. Hulle het sommer so uitgepeul soos miere uit 'n nes. En toe al die diere uit is, toe vlieg al die voëls uit die gat, it was net vlerke waar jy gekyk het, kraaie en hamerkoppe en spreeus en suikerbekkies en vinke en mossies en al die swaels. Toe it donker word, nag word, toe is die gat uiteindelik leeg."

"Het daar dan nie visse uitgekom nie, Letjie?"

"It is nie die storie van die visse nie, it is die storie van mense en diere."

"En toe?"

"Toe al die mense en diere en voëls uit is, het almal onder die boom gebly of in die takke gaan sit. Hulle het nie geweet waarheen om te gaan nie, en buitendien was it nou donker, hulle kon nie sien waarheen om te gaan nie."

"Het die leeus nie die mense opgevreet nie?"

"It was in die tyd toe die mense en die diere nog met mekaar gepraat het en saamgebly het, die een wou nie die ander een opvreet nie. It het baie koud geword, darie nag. Die mense het gedink hulle kan van die boom se takke vat en 'n vuurtjie maak dat hulle kan warm word, maar 'n groot stem het uit die hemel gekom en vir die mense gesê hulle moenie, hulle moet liewerster wag totdat die son weer opkom, dan sal hulle weer warm kry.

"Leeu het vir een mens gesê: 'Kom lê hier langs my, ek sal jou warm maak.' En Tier het vir 'n ander een gesê: 'Lê styf teen my, dan sal jy nie so koud kry nie.' Ook Springbok en Kwagga het gesê: 'Ek sal jou warm hou.'

"Die mense het styf langs die diere met hul warm wol gaan lê en warm geword. Maar it het al hoe kouer en kouer geword. Uiteindelik het die mense opgestaan, droë houtjies bymekaargemaak en 'n vuurtjie aangeslaan. Maar die oomblik toe die vlamme uit die hout opskiet, toe het die diere groot geskrik en opgespring. Hulle het so gou as wat hulle kon, weggehardloop van die vlamme. Hulle het so vreeslik geskrik dat hulle praat skoon weggeskrik is. In hulle weghol het hulle bo-oor die mense gehardloop en hulle heeltemal plat gehardloop. Voordat iemand iets kon sê, het al die diere en voëls weggevlug van die vuur. En van toe af hardloop die diere nog steeds weg van die vuur en van die mense. En van toe af praat die diere en mense nie meer met mekaar nie."

"Is dit die einde van die storie, Letjie?"

"Nee. Daar was 'n paar diere wat nie weggehol het vir die vuur nie."

"Wie was dit?"

"Die diere wat nou nog by die mense bly. Hond en Kat en Bees en Skaap. En Perd. En Donkie. Hulle is die mens se diere en hulle kan verstaan as jy met hulle praat."

"Maar hulle praat nooit terug nie."

"Einste so," sê Letjie, "maar partykeers gebeur it tog."

"Wanneer?"

"As jy luister."

32
Kos

"Ek is honger," sê Jana vir !X'uri.

"Honger? Al weer?"

"Ek sien nooit dat jy iets eet nie, !X'uri. Word jy dan nooit honger nie?"

"Ek eet as ek honger is, Storm."

"Wat eet jy?"

"Wat ek kry. Die hele wêreld is vol kos."

"Gee vir my dan ietsie om te eet?"

!X'uri en Jana klim van die stomp af en loop weg van die omgevalle boom. Onder een van die keiappels in die bos lê 'n ronde, geel vruggie. !X'uri tel dit op en gee dit vir Jana.

Jana steek dit in haar mond. "Mmm . . . dis baie lekker!" Sy suig die klein ronde pitjies af en spoeg dit met 'n boog uit.

"Moenie! Eet alles!"

"Ek het dit al klaar uitgespoeg!"

"Mens spoeg nie kos uit nie."

"Dis nie kos nie, dis pitte!"

"Dis nie pitte nie, dis kos."

Hulle loop onder die bome uit die grasveld in. !X'uri loop voor, Jana loop agter haar in die dun spoor wat sy deur die gras oopdruk met haar kort beentjies. 'n Entjie verder, reg voor 'n miershoop, sak !X'uri op haar hurke af.

Jana sak ook af.

!X'uri kyk tussen die grasse op die grond en kry waarna sy soek: 'n klip. Sy toets die klip se skerpte teen haar linkerhand se palm. Dit is nie die regte klip wat sy wil hê nie, maar dit is nou al wat daar is. Sy begin met die skerpste kant van die klip teen die miershoop kap; 'n brok van die harde grondhoop breek af. Die grond binne-in die miershoop is klam en rooi, soos 'n oopgesnyde waatlemoen. Vol gangetjies en gaatjies, soos 'n spons lyk dit. Met 'n grashalmpie wat sy afbreek, steek !X'uri hier en daar in die gangetjies van die miershoop. In die tweede, derde gangetjie waarin sy soek, steek die skerp grashalmpie vas. Versigtig trek sy dit uit, 'n wriemelende wit larwetjie aan die voorpunt. Sy haal dit van die grassie af, breek die koppie versigtig af en gee dit vir Jana aan.

Jana druk die wurmpie in haar mond.

Dit is heerlik, soet soos 'n vars sampioen, so lekker soos warm brood.

33
Brood

Lien se ma laat twee keer 'n week brood bak. Hulle is nie naby 'n dorp waar jy sommer brood by 'n winkel kan koop nie, hulle moet self bak. Letjie steek al vroegoggend die vuur in die buiteoond aan sodat die hitte binne net reg is teen die tyd dat die deeg in die broodpanne uitgerys het. Sy staan in die buitekombuis, gereed met die skottel meel en suurdeeg en 'n ketel warm water. Lien staan by haar op 'n waterbankie langs die houttafel, hande skoongeskrop. Letjie het 'n ou kombuisdoek oor haar hare vasgeknoop en een van Lien se ma se voorskote dubbeld om haar lyf gebind. Sy bring die ketel nader.

"Voel met jou vinger, Lien," sê Letjie, "die water moet só warm wees." Sy lig die deksel van die ketel en laat Lien haar vinger daarin steek. "Nie te koud nie, nie te warm nie. As jou vinger brand, dan is it te warm, jou deeg gaan platval; as it te koud is, dieselfde ding."

Lien voel aan die warm water. Dit brand net-net nie haar vinger nie.

"Eers die sout by die meel. Soveel." Letjie meet 'n lepel sout af en strooi dit oor die meel. "En dan 'n klein bietjie suiker. Nie te veel nie, mens eet nie soet brood nie." Sy skep 'n halwe hand suiker uit die suikerblik en gooi dit ook oor die meel, meng alles met haar een hand deur. Die hand waarmee Letjie die vinnigste werk, is die een met die kort pinkie.

"En nou die suurdeeg." Sy vat die suurdeegbeker waar dit op die tafel onder die venster in die sonkol staan en haal die doek af. Die suurdeeg het skuimerig opgerys tot net onder die rand van die beker. Dit ruik skerp en suur. Lien wil haar vinger daarin steek om daaraan te proe, maar Letjie hou die beker weg.

"Nee a, wil jy suurpens trek? It is nie nou tyd vir speel nie, nou moet ons vinnig werk of die deeg word koud." Sy gooi die hele beker suurdeeg oor die meel uit en gooi 'n bietjie warm water uit die ketel in die beker om dit uit te spoel. Die laaste bietjie skuimerige gis kom in die skottel meel. "Nou meng jy it só." Met een hand werk sy die meel en die gis deurmekaar. Die wit deeg lyk vir Lien net so glibberig soos modder. Wit modder. Met haar ander hand vat Letjie die ketel en gooi nog 'n bietjie warm water in die skottel. "Pasop vir te veel water, jy maak nie slapkoek nie, jy maak brood."

"Wanneer kan ek begin knie?"

"Netnou, gee kans."

Letjie werk die meel nou met al twee hande bymekaar. Tussen haar hande word dit 'n ronde bol taaierige deeg. "En nou begin jy knie, so." Letjie begin die deeg bymekaar knie. Die laaste frummeltjies kom los van haar vingers. Met ritmiese bewegings knie sy. Sy vou die buitenste rande na binne terwyl sy nou en dan die skottel draai.

"Laat ek dit nou doen!"

Letjie skuif die skottel na Lien toe. "Nou maak jy net soos jy gesien het ek maak."

Lien druk haar vuiste in die middel van die deeg.

"Nee, jy begin nie binne-in nie, jy begin buite en druk it binnetoe, so al met 'n draai saam."

"Só, Letjie?"

"Ja."

Lien worstel met die bolling deeg. Dit peul alkante om haar vuiste uit in alle rigtings in. Dit bly nie bymekaar soos wanneer Letjie dit doen nie. Haar wange is vuurrooi. "My arms raak moeg, Letjie, ek kan nie meer nie!"

"Nee, jou arms raak nie moeg nie, jy moet nou klaar-maak, anderkant uit. Wil julle die res van die week klui-tjiebrood eet?" Sy hou die skottel vas en draai dit stadig in die rondte terwyl Lien aanhou knie. "Van buite na binne. Jy moet nie te hard knie nie, jy moet reg knie. Sê vir jou hande hulle moet respekte hê, sê vir jou hande hulle werk met kos."

"Ek sê dit, Letjie, maar die deeg luister nie vir my nie!"

"Jy sê it nie vir die deeg nie, jy sê it vir jou hande. Gaan aan!"

Toe Letjie tevrede is, laat sy Lien stop. Sy trek die skottel nader, gee die deeg 'n laaste paar knieë. Sy smeer vinnig 'n bietjie warm plaasbotter oor die bolling deeg en draai die hele skottel in die deegkombers toe.

"Stukkie deeg?" vra Lien met 'n pruilmondjie.

"Eers netnou, anders swel jou maag op."

Die skottel met sy warm kombersie kry staanplek onder die venster waar die son nou helder oor die hele tafel skyn. "Gee it nou kans, dan klim it sommer netnou uit die skottel uit. Oor 'n uur kom haal ek jou dat jy kan afknie."

Lien klim van die bankie af. "Hoekom laat Mamma net vir jou die deeg knie, Letjie? Hoekom is die brood nie lekker as iemand anders dit knie nie?"

"Omdat ek 'n broodhand aan my het."

"Is dit jou hand met die kort pinkie?"

"Ja."

"Toor jy met daardie hand?"

"Ja."

"Sal jy my ook leer?"

"Ek leer jou."

'n Uur later staan Lien weer op die bankie. Die deeg het sponsig uitgerys en maak amper die hele skottel vol.

"Letjie, het ek ook 'n broodhand aan my? Kyk hoe groot het die deeg geword!"

"It sal ons maar eers moet sien."

"Moet alles nou weer van voor af begin?"

"Ja, maar it gaan nou makliker wees." Letjie vat die deeg bymekaar in haar hande en knie die eerste paar draaie. "Nou jy." Sy stoot die skottel oor na waar Lien staan.

Lien begin knie, maar haar arms word gou moeg. "Watter toorwoord moet ek sê vir die brood om reg te kom, Letjie?"

"It is nog nie tyd vir toor nie, knie!"

Lien knie totdat dit voel asof haar arms afbreek, maar dit is waar wat Letjie gesê het, dit is nou makliker as die eerste keer. Die deeg is sag en warm onder haar vuiste en dit word stadigaan glad en blink. "Doen ek dit reg, Letjie? Gaan dit regte brode word?"

"Ja, jy is amper daar." Letjie trek die skottel weer na haar kant van die tafel en knie die deeg reg. "Bring jy solank vir ons die panne nader."

Lien gaan haal die panne wat regstaan onder 'n doek. Ses panne wat blinkgesmeer is met botter. Letjie lig die hele bolling deeg in die lug en knyp die helfte daarvan af. Van die een helfte van die deeg word daar mooi netjies drie gelyke dele afgeknyp. Elke brood word langwerpig getrek en in die pan gesit. "Nou maak jy dieselfde met hierdie stuk." Letjie gee vir Lien die ander helfte van die deeg aan. Lien mik en draai dit in drie dele af, nie ewe groot nie, maar darem naastenby. Sy vergeet skoon om 'n rou stukkie deeg te vra om te eet. Letjie verf die brode wat in die panne lê met 'n bietjie soutwater.

"Nou weer onder die kombers in met hierdie panne."

"Is dit nou tyd vir toor, Letjie?"

"Ja."

Lien se oë skitter onder die vaal kombuisdoek wat om haar kop gebind is. "Sê vir my wat ek moet sê."

"Sal jy mooi luister? En nooit vergeet wat ek gaan sê nie? Want ek kan it net een keer sê. Belowe dat jy hierdie woord sal oppas?"

"Ek belowe, Letjie!"

Letjie buk vooroor en fluister in Lien se kopdoek-oor. Net een woord.

Lien fluister dit saggies vir die ses brode onder die warm kombers in.

Lien staan by toe Letjie 'n halfuur later die kole in die oond wegkrap en dit na die kante van die bakoond toe druk. Die broodpanne lê hoogvol deeg. Letjie skuif die panne in die warm donkerte in. Net voordat Letjie die swaar oonddeur versigtig en stewig toemaak, fluister Lien weer die brode se towerwoord in die oond se donkerte in.

Toe die broodpanne 'n uur later uit die oond kom, smeer Letjie die warm brode in met 'n bietjie sagte skaapvet en gooi die brooddoek oor hulle.

Dit is lieflike brode, uitgerys en bros en bruingebak.

Lien kry vir middagete die buitekorsie, dik gesmeer met plaasbotter en wilde heuning.

34

Ouhuis

"Vandag is dit ek en jy en die ouhuis," sê ouma Lien vir Jana.

Die ouhuis staan 'n entjie weg van die groothuis en die jonkershuis onder 'n groot eikeboom. Niemand bly ooit in die ouhuis nie, die ouhuis is net die plek waar al die dinge wat onnodig rondstaan, 'n plek kry.

"En dit gaan nou end kry. Vandag," sê ouma Lien. Daar is 'n verbete trek om haar mond. Sy gee vir Jana twee leë wynbokse om te dra en vat self ook 'n paar. "Vandag maak ons skoon. Dit is 'n skande dat hierdie wonderlike huis niks anders as 'n rommelhoop is nie. Hierdie bokse gaan heeltemal te min wees vir alles wat daar moet uit, maar dis 'n begin."

Ouma Lien sluit die deur oop met 'n ystersleutel wat omtrent so lank soos haar hand is. Die houtdeur kraak oop.

"Hoekom is die sleutel so groot, ouma Lien?"

"Die ou mense het maar sulke groot sleutels gemaak. Onthou, hierdie houtdeure is swaar. Al die buitedeure van die groothuis het sulke groot sleutels, dit is net deesdae se nuwe slotte en sleutels wat kleiner is. Selfs die voordeur van die groothuis het 'n groot sleutel, al is die deur nie só oud nie. OuStorm se oupa het die nuwe deur gemaak en 'n ander slot ingesit nadat die Engelsman die deur afgebreek het."

"Wie het die deur gebreek, ouma Lien?"

"Die Engelse soldate, hulle het tydens die Boereoorlog eendag hier op die plaas aangekom. Hulle het hul soos barbare gedra. Een soldaat het sommer net die deur oopgestamp met sy geweer. En dit terwyl hy maar net soos 'n ordentlike mens kon geklop het. Niemand sou dit gesluit het of deur die vensters op die Engelse geskiet het nie. Jy moet dat OuStorm eendag vir jou die storie vertel, Jana, kind, hy ken die hele verhaal."

"Is dit die spook wat nog steeds die voordeur so oopstamp, ouma Lien?"

"Wat weet jy van die spook wat die voordeur oopstamp? Wie het vir jou daarvan vertel?"

"Niemand het my vertel nie, ouma Lien, ek het hom al self gesien! Hy kom tot by die voordeur en dan stamp hy die deur oop met sy geweer. Hy loop mank, sy een been is seer."

"Watse onsin praat jy nou, Jana?"

"Ouma Lien, dis waar!"

"O ja, nè? Jy sien die man? En praat jy ook met hom? Hoekom sê jy nie vir hom hy moet sy nonsens laat staan en op 'n ander plek gaan deure oopstamp nie?"

"Ek hét hom al gesê hy moet dit nie doen nie, Ouma! Hy sê hy ís jammer, maar hy kan nie anders nie, hy moet dit doen omdat hy nie die waarheid weet nie."

"En watse waarheid is dit wat hy kwansuis moet weet?"

"Ek weet nie!"

"Nou vra hom volgende keer wat sy storie is. Sê vir hom dis sý skuld dat ons vandag 'n voordeur het met twee panele van verskillende hout. Hy het 'n baie mooi en kosbare voordeur vernietig, mý en jou deur, baie dankie en koebaai," sê ouma Lien vererg.

"Is Ouma nou kwaad vir my?"

Ouma Lien trek vir Jana binnetoe. "Nee, meisiekind," lag sy, "ek is sommer net van voor af vies vir die Engelse en hul onbeskoftheid." Sy kyk skielik skerp na Jana. "Is jy seker jy het hom gesien? Is dit nie net jou verbeelding nie? Het Skeelpiet vir jou 'n klomp stories vertel?"

"Nee, ouma Lien."

Ouma Lien weet nie of Jana nee sê op haar eerste of laaste vraag nie, maar sy besluit sy wil miskien nie weet nie; los die kind.

Dit is donker in die klein huisie en ouma Lien moet voel-voel teen die muur soek na die skakelaar langs die deur. Eindelik kry sy dit. Daar is net een gloeilampie wat kaal en stowwerig in die donkerte gloei. Die huis is niks meer as een groterige kamer met 'n hoë spitsdak nie. Daar is dik geelhoutbalke onder die swart riet van die dak. Aan die regterkant van die vertrek is daar 'n houttrap wat lei na 'n klein soldervertrek wat die een helfte van die dakruimte beslaan. Jana was nog maar min hier binne, meestal net as sy saam met iemand loop wat iets hier kom bêre. Dit was nog altyd donker en stowwerig en vol goed wat rondstaan, niks meer nie. Eintlik sien sy die huis nou vir die eerste keer.

Daar is 'n ou houtkas teen die een muur, half onder die trap in. Die hele lengte van die agterste muur word beslaan deur 'n houtkrip. Teen die kort muur is 'n paar klein openinge waardeur die daglig flouerig skyn. Vensters is dit nie, dit is net skuins openinge wat met glas toegemaak is. Onder die vensters is daar 'n hele ry ronde gate in die muur, 'n tree of wat bokant die klipvloer.

"Wie se huis was dit, ouma Lien?"

"Jana, dit is eintlik die belangrikste huis hier op Storm-kloof. Dis dié dat dit so 'n skande is dat dit so verwaarloos hier staan. Dit is die oudste huis op die plaas, die huis wat die eerste eienaar van die plaas gebou het, ou Willem Storm van Deventer. Toe sy nasate later die groothuis gebou het, het hierdie huis die koeistal geword. Dis dié dat die krip nog steeds hier staan."

Jana gaan staan by die krip. Die hout is grof en verweer onder haar hande. Daar lê 'n lang ry stowwerige wynbottels in die krip. Dit is mooi netjies gepak, elkeen in sy eie nessie van strooi.

Ouma Lien kom staan langs haar. "Hierdie wyn is Storm-kloof se grootste rykdom, Jana. Dit is OuStorm se spesiale wyne, sy groot vreugde." Ouma Lien haal 'n bottel uit die krip en hou dit teen die lig. Die bottel is vol spinnerakke, dit skyn dofrooi in die lig. "Jy moet nooit die stof en die spinnerakke van 'n wynbottel afvee voordat jy dit op die tafel sit nie, Jana, onthou dit. Dan kan al jou deftige gaste sien dat die wyn lánk gelê en lekker oud geword het." Sy gee die bottel versigtig aan vir Jana. "Weet jy hoe oud hierdie port is? Dit lê al jare lank hier in rus en vrede. En weet jy hoe dit sal smaak as ons dit eendag oopmaak en drink?"

"Hoe, ouma Lien?"

Ouma Lien kyk doer in die niet in. "Mmmm . . ." dink sy, "ek dink dit gaan smaak soos bloedrooi robyne, soos fluweel uit 'n houtkis, soos gekneusde brame; dit gaan smaak soos die mooiste swart rose in my tuin, soos 'n warm somersnag, soos kompos, soos liefde."

"Kan wyn soos dit alles smaak, ouma Lien?"

"Natuurlik!"

"Wanneer gaan OuStorm dit oopmaak?"

Ouma Lien glimlag. Sy trek vir Jana nader. "Kan ek vir jou 'n geheim vertel?"

Ja, knik Jana.

"Die dag as ek weer 'n groot verjaarsdag het, Jana, die dag as ek sestig word, dan gaan OuStorm hierdie bottel oopmaak. Hierdie port is gemaak in 'n baie belangrike jaar, die jaar toe ek gebore is."

"Sal dit nog lekker wees? Ná sestig jaar, ouma Lien, is dit nie dan al vrot nie?"

"Dan gaan dit op sy lekkerste wees."

"Gaan ek ook daarvan kry?"

"Jy sal dan oud genoeg wees om jou eie glasie te kry."

"Maar moet OuStorm die bottel nie liewers bêre tot ouma Lien honderd jaar oud word nie?"

"Honderd jaar? Agge nee wat, Jana, ek wil nie honderd jaar oud word nie, dit is darem heeltemal te oud. Ek sal teen daardie tyd niks anders wees as 'n verkrimpte wingerdstok nie; julle sal al julle dae hê met my."

"Is Ouma dan nie bang om dood te gaan nie?"

Ouma Lien haal die bottel uit Jana se hande en sit dit weer saggies terug op sy plek tussen die ander wyn.

"Bang vir die dood? Nee wat, Jana, so erg is dit nie om oor die Groot Rivier te gaan nie. Ek sal nie alleen wees as ek oorgaan nie. Buitendien, dit is maar net soos om aan die slaap te raak. En o ja, ek sal wel sorg dat ek hier op Storm-kloof kom spook, julle sal weet van my! He he he . . ." lag sy.

"Dan kan ouma Lien mos self vir die Engelse spook sê om op te hou slaan aan die voordeur."

"Ja, dit sal ek beslis doen." Sy draai weg van die krip. "Los nou maar die spoke van hierdie plaas en kom laat ons begin om die onnodige goed hier uit te dra. Vat jy solank daardie leë bottels uit, dan begin ek om hierdie kas se onheile uit te pak. Ek sal nie verbaas wees as ons muisneste hier kry nie."

Jana begin die bottels uitdra.

"En dié gate in die muur, ouma Lien? Wat is dit?"

"Dis hoenderneste. Dit is nogal slim, nè? Die hoenders het in dieselfde plek as die koeie geslaap, toe het hulle som-mer vir die lêhenne neste in die muur uitgehol. Jy kan sien, die muur is verskriklik dik. Daar is plek vir die neste mét genoeg muur oor."

Ouma Lien tel 'n klomp gholfstokke op. "Die spul goed gaan reguit rommelmark toe! Waarom kan die mansmense op hierdie plaas nie dadelik iets wegmaak as dit nie meer gebruik word nie? Jana, jy wil nie eens weet wat op die groothuis se solder aangaan nie! As ons eendag dáár inspring, sal jy sowaar as vet nog goed kry wat uit Noag se ark kom. Ek weet nie eens of ek in my leeftyd kans sien om daardie skuins geneuk op te ruim nie. Dit moet maar jou erfporsie wees!"

Ouma Lien kom nie agter dat Jana nie meer bottels uitdra nie. Toe sy omdraai, sien sy Jana op haar knieë voor die hoenderneste in die muur. "Moenie jou hand in daardie donker gate indruk nie," waarsku sy, "daar is spinnekoppe daarbinne, of knopiespinnekoppe. Of slange!"

Maar Jana het reeds haar hand in een van die donker neste gedruk. Daar is 'n dik laag stof op die bodem van die holte, 'n klomp droë blare wat met die wind by die deur en in die neste ingewaai is, spinnerakke en spinnekoppe, die lankvergete kloeke en kuikens van swart hoenderhenne. En 'n klip. Dit kom lê warm in Jana se hand.

"Wat het jy daar, Jana?"

Jana haal die klip uit die nes.

"My wêreld, nóg een!" Ouma Lien stap oor na waar Jana hurk, vat die klip uit haar hand. " 'n Klipwerktuig!" Sy lig dit op teen die lig, draai dit al in die rondte en bekyk dit van alle kante. "Dit is seker KleinStorm wat dit hier kom bêre het. Hy het dit alewig hier op die plaas opgetel toe hy 'n seuntjie was, hy was heeltemal gefassineer met die klip-werktuie. Toe hy eers geweet het wát hierdie klippe is, het hy dit oral op die plaas raakgesien en opgetel. M'm," sê sy, "ek moet sê, dit is 'n besonderse mooi een dié."

Sy gee die klip weer vir Jana. "Het jou pa jou al vertel wat dit is?"

"Ja, ouma Lien." Jana druk haar hand in die volgende nes en vroetel in die dik stof op die bodem. Daar is nóg 'n klip, 'n groot, swaar klip, sy moet dit met al twee hande optel.

"My allawêreld," sê ouma Lien, "dan is dit híér waar Storm sy versameling gebêre het!" Sy buk langs Jana en begin in die ander neste vroetel. Uit elke nes haal hulle 'n klipwerktuig, uit sommige neste twee of drie. Hulle pak dit op die vloer uit. 'n Hele ry klippe in verskillende vorms, grotes en kleintjies, almal met drie skerp kante. "Nou ja toe, dis eintlik 'n wonderlike versameling. Snyklippe en skrapers en byle. Moenie dat die argeoloë hiervan hoor nie, netnou proklameer hulle die plaas as 'n erfenisterrein en dan kom grou hulle alles hier onder ons op."

"Kan ek die klippe kry, ouma Lien?"

"My liewe kind, ja, as dit van my afhang, kan jy dit sekerlik kry, maar jy moet dalk eers vir jou pa vra. Ek dink dit is sy klippe wat hy versamel het. Hou jy van dié klippe?"

"Ja, ouma Lien!"

"M'm . . . As jy regtig van klippe hou, gee ek ook dalk vir jou een. Ek het hom al baie lank. Maar dis nie eintlik 'n klip nie . . ." Ouma Lien se stem raak weg in die donker.

Jana hoor nie wat ouma Lien sê nie. Sy kyk na die klippe voor haar op die vloer. Sy tel dit een vir een op en sit dit versigtig in die donker neste terug. Sy bekyk elke klip noukeurig voordat sy dit terugsit. "!X'uri," fluister sy saggies, "watter een wil jy hê? Watter een kan ek vir jou gee?"

35
Myne

"Nie een nie!" sê !X'uri.

"Hoekom nie, !X'uri?"

"Dis ander mense se klippe, ek sal my eie klip uitsoek, myne."

"Kan ek saam met jou gaan?"

"Ja, Storm."

"Wanneer?"

"Net wanneer jy wil."

36
Venster

"Hoekom lyk die vensters in die ouhuis so snaaks, ouma Lien?"

Ouma Lien haal ou linne uit die houtkas. Die rommel wat in die ouhuis gestaan het, is reeds weggevat en die huis lyk sommer groter. En helderder. Ouma Lien haal die komberse en lakens een vir een uit en skud dit oop. Sy bekyk dit noukeurig vir motgate en skimmel voordat sy besluit of dit in die kas teruggepak moet word of in 'n boks op die vloer moet kom. "As 'n ding nie meer nodig is nie, dan is dit nie meer nodig nie," brom sy. "Al wat hierdie klomp linne doen, is om krieke en muise te lok. Dit is nie meer nodig om ou lakens aan te hou nie, die oorlog is verby, allakragtie!"

"Waarom moet mens vir die oorlog ou lakens hê?"

"Vir verbande, Jana. Die ou mense het ou lakens opgeskeur en verbande daarvan gemaak. Daar was nie in daardie tyd apteke en supermarkte waarheen mens kon gaan en verbande en pleisters koop nie, dit was anderster tye toe. Mens moes vir alles self sien en kom klaar."

"Hoekom het die ouhuis sulke snaakse vensters, ouma Lien?"

Ouma Lien hou op om lakens uit te skud. Sy kom staan

saam met Jana voor die klein openinge in die muur. "Dis nie eintlik vensters nie, Jana, kind. Onthou, hierdie huis is meer as driehonderd jaar gelede gebou. In daardie tyd was hier maar min plase en mense, die wêreld buite was woes en vol wilde gediertes. As jy die geskiedenisboeke lees, dan sal jy sien hier was net sewe gesinne in die hele Stormvallei. Die Kompanjie wat die plase uitgegee het, het die boere die opdrag gegee om die plaas te bezaaien, beplanten, bepooten en betimmeren. Jy sal dit nie nou glo nie, maar die leeus en seekoeie en kameelperde en olifante het die wêreld vol hier rondgeloop. Troppe van hulle."

"Wat het dit met die vensters te doen, ouma Lien?"

"Eintlik álles!" Ouma Lien kom kniel by Jana voor een van die openinge. "Kyk mooi, Jana, dan sal jy sien dit is nie eintlik vensters nie, dit is skietgate. Kan jy sien, die gate is só gebou dat mens maklik 'n geweerloop hier kon laat rus. Destyds was daar nie iets soos glas nie, daar was net luike wat die openinge toegemaak het. Kyk hoe nou is die openinge aan die binnekant van die muur. Dit word wyer na buite. Dit is sodat mens maklik van binne na buite kan skiet, maar van buite is dit nie so maklik om na binne te skiet nie, die openinge is te nou."

"Wie het dan van buite af geskiet?"

"Die Boesmans. Die Boesmans het oral hier rond gebly, en bo in die berg in grotte. Daar was gedurig skermutselings tussen die boere en die Boesmans. Hierdie huis is só gebou dat dit nie net 'n huis was nie, dit was sommer 'n fort ook. Ou Willem Storm en sy gesin het binne gebly en die aanvalle van die Boesmans van hier binne af trotseer. Die Boesmans se gifpyle was dodelik."

Jana se ore suis, haar wange is bloedrooi. "Ouma Lien? Het die Boesmans en die boere op mekaar geskiet? Het hulle mekaar doodgeskiet?"

Ouma Lien bly lank stil. Haar oë is skielik treurig. "Jana, meisiekind, aan albei kante is daar mense doodgeskiet." Ouma Lien gaan sit plat op die grond. "Dit is nie 'n geskiedenis waarop ons trots kan wees nie. Die Boesmans is van 'n kant af uitgemoor en verdelg. Deur die koloniste én deur die Khoi, deur die Hollanders én die Engelse, deur álmal in hierdie land, selfs die swart stamme het op hulle jag gemaak. En eintlik was hulle die oudste inwoners van hierdie land. Hulle was eerste hier. Maar hulle is soos diere gejag. Daar het omtrent niemand oorgebly nie. Die laastes wat oorleef het, het gevlug na die Kalahari en verder, Botswana toe. Daar was nie plek vir hulle én die trekboere nie. Dis nie net 'n skande nie, dit is 'n verskriklike onreg wat aan hulle gedoen is. En 'n ramp vir ons almal."

Jana luister nie verder nie. Sy loop uit die ouhuis na buite, die son in. Raka kom snuffel aan haar hand. Hy probeer met haar speel, hardloop 'n paar draaie om haar en lê met sy kop op sy voorpote voor haar om haar te terg, maar sy sien hom nie eens nie. Sy loop na haar kamer in die groothuis en gaan kruip onder die bed in. Sy lê daar vir die res van die middag.

Toe dit tyd word vir aandete, kom haal ouma Lien haar onder die bed uit, maar sy is nie honger nie. Sy loop olienhoutbos toe terwyl die ander huismense om die groot kombuistafel gaan sit en eet.

"Wat is dit met Jana, Ma?" vra KleinStorm.

"Sy is hartseer. Los haar maar 'n bietjie."

"Waaroor is my kind hartseer?"

"Oor die Boesmans. Ek het haar vanmiddag vertel van die Boesmans. Dit is nie 'n mooi storie nie, maar dis die waarheid."

OuStorm, ouma Lien en KleinStorm eet waterblomme-tjiebredie met skaapkneukels en uitjies en rys en soetpatat. Maar nie een van hulle eet nie, hulle skuif net die kos op die borde rond.

37
Skiet

"My oupa se oupa se oupa se oupa het jou mense dood-geskiet, !X'uri!"

!X'uri sit op haar ou plek, op die omgevalle boomstam in die olienhoutbos. Sy skuif effens op sodat Jana plek kan kry langs haar. Haar geel gesiggie skroef op van die lag.

"Ek weet."

"Is jy nie kwaad vir my nie?"

"Nee, Storm."

"Hoekom nie?"

"Omdat ons julle ook doodgemaak het. En julle beeste gesteel het."

"Dit is nie dieselfde nie. Ons het julle gejag. Ouma Lien sê soos diere. Ons het julle uitgemoor."

"Dit maak nie meer saak nie, Storm, dit was andertyd. Nou is anders."

"Gaan jy my doodmaak as jy die kans kry?"

"Nee. Ek gaan jou laat leef."

38
Praat

"Met wie praat jy as jy so alleen in die veld rondloop, Jana?" vra ouma Lien.

Jana kyk op na ouma Lien waar sy op haar stomp sit en tee uit die warmfles in hulle bekers gooi. Ouma Lien sit die fles op die tafelpank langs die bekers neer. Sy draai die rooi melkbotteltjie se prop af en gooi 'n bietjie melk in die bekers.

"Ek is nie alleen nie, ouma Lien!"

"Met wie praat jy?"

"Met Raka."

"Praat hy terug?"

"Net partykeer. Maar dit is meestal !X'uri wat met my praat."

"En wie is !X'uri?"

"Maar weet Ouma dan nie?"

39

KleinStorm

"Deidre, my lief," sê KleinStorm vir die wingerd, "ons Jana loop in haar slaap. Sy dwaal in die veld rond saam met 'n rooi hond. Sy praat met 'n verbeelde Boesmankind wat net sý kan sien. Miskien moet ek haar by 'n sielkundige kry. Wil jy nie maar terugkom nie?"

Hy kyk op in die lug om te hoor of hy nie die note van haar fluit êrens kan hoor nie, maar daar is niks. Net twee witkruisarende wat geluidloos hoog in die lug draai en af-kyk op Stormkloof en Storm van Deventer.

40
Skapietjie

Die reënseisoen is nog nie verby nie; die winterreën sak elke paar weke oor die Karoo uit. In die nagte vrek 'n mens van die koue, elkeen dra 'n warm klip uit die vuur katel toe vir 'n bietjie warmte onder die komberse. Die warm klip help, maar dit help ook maar min. Die wind sny deur die Tankwa se koppe, die skape word saans uit die veld aangejaag kraal en douhok toe sodat die lammers uit die wind kan kom. Die dae dat dit nie reën nie, kruip alles en almal buitentoe toe en sit vir so lank as moontlik soos dassies in die sagte hitte van die winterson.

Dit is 'n mooi jaar, die Tankwa blom. Daar is reeds veertien stelle tweelinge onder die ooigoed. Daar kom 'n piepklein lammetjie aan. Van 'n ooi wat met haar dragtigheid siekerig was, maar toe tog deurgekom het. Toe sy lam, is dit die kleinste lammetjie wat enigiemand op die plaas nog ooit gesien het. Hy is maar die helfte so groot soos die ander lammers. Ook Letjie sê: "It is die kleinste lammergoed wat ek nog met twee oë gesien het."

Die lammetjie is klein, maar reeds van die eerste dag sterk en parmantig. Almal raak lief vir die dingetjie en kloek en kyk en lag as hy tussen die bossies en die klippers kraal toe aangespring kom.

"Kan ek die skapietjie kry, Pa?" vra Lien opgewonde. "Sy naam is Skapietjie. Ek sal hom bottel gee en dan kan hy snags by my in die bed slaap. Ek sal hom mooi oppas!"

"Dit sal nie werk nie, Lientjie," sê haar ma, "dis beter as die ooi haar eie lam grootmaak."

"Ek sien swarigheid vir daardie skapie," sê Lien se pa. "Julle raak te lief vir die ding. Kom slagtyd, dan huil julle almal."

"Pa!" sê Lien.

"Ou man!" sê Lien se ma.

Lien tel vir Skapietjie op en druk sy klein lyfie teen haar vas. "Jy kan nou by jou ma bly, maar eintlik is jy myne," fluister sy in sy wollerige oortjie.

41
Matjieshuis

Lien en Letjie Stamboom loop ure lank in die veld. Die dae is sag en die son is sonder steek.

"Sit jou hoed op, Lien," sê haar ma toe sy sien hulle kry koers.

"Die son is nie skerp nie, Mamma!"

"Dit weet ek, maar mens misgis jou altyd. Jy gaan vol sproete brand en jy gaan eendag rooikopkinders kry as jy so kaalkop in die son loop."

"Ek wil eendag rooikopkinders hê, Ma! Baie van hulle!" praat sy parmantig terug.

Lien se ma het klaar gepraat. "Letjie, kyk dat die kind haar hoed opsit, anders bly julle net hier." Vir Lien sê sy: "Onthou, dit wat jy sê, gaan jy kry. Dink dus maar mooi voordat jy praat."

Lien se mond is dik, maar sy gaan haal haar kakiehoed van die kapstok op die buitestoep af en trek dit met mening oor haar kop af. Haar donker oë blits net onder die hoed se rand uit. "Hoekom moet Letjie nie ook 'n hoed opsit nie?"

"Letjie hét haar kopdoek op."

"Ek wil ook 'n kopdoek hê. Dis baie beter en mooier as 'n hoed."

"Dis reg so, as ek weer in die dorp kom, dan koop ek vir

jou 'n kopdoek. Sommer twee. Maar tot dan dra jy jou hoed en basta nou met daardie dik mond van jou!"

Lien en Letjie loop. Hulle loop verby Letjie se matjieshuis. Lien kyk skuins na Letjie. "Kan ek een van jou kopdoeke leen, Letjie?"

"It is reg so, maar wat gaan jou ma sê?"

"Ek sal dit weer afhaal voordat ons by die huis kom. Agge toe, Letjie, asseblief?"

Letjie buk by haar huis se deur in. Sy kom terug met 'n heldergroen kopdoek.

"Sal jy dit om my kop vou dat dit net soos joune lyk?"

"Ja, ek sal. Staan net stil."

Letjie draai die doek om Lien se kop en druk 'n paar los hare onder die doek in. "So ja, daar is jy nou gedoek."

"Kan ek gou in jou spieël kyk hoe ek lyk?"

Hulle al twee duik by die huis se lae deurtjie in. Letjie se huis is klein en lekker warm. Dit ruik na gras en veld en vuur. Daar is nie 'n bed nie, net 'n matras van kooigoed en 'n groot karos van dassievel. Langs die bed staan 'n laaikassie met 'n lampetbeker en 'n waskom. Letjie haal 'n klein hand-spieëltjie uit een van die kassie se laaie en gee dit vir Lien aan. Lien kyk na haarself in die klein weerkaatsing. Sy kan nie haar hele gesig sien nie, sy moet die spieëltjie kantel en draai om alles te sien. Sy sien haar oë blink in die skemerte, die groen kopdoek, dele van Letjie se matjiesmure saam met haar gesig, ook vir Letjie wat agter haar staan. Sy probeer weer haar hele gesig in die spieël kry. Nog nooit het sy vir haarself só mooi gelyk nie.

"Letjie, dit lyk net asof ek jou kind is!"

"Maar jy is mos my kind!"

Lien se oë word dromerig. "Lientjie Stamboom," sê sy saggies.

42
Slang

Die rivier loop nog plek-plek en daar is oral waterpoele in die klowe, mens hoef nie eens water saam te dra as jy veld toe gaan nie. Letjie wys vir Lien waar om te drink toe sy dors word, waar die water skoon en sonder troewel oor die klipbanke tuimel.

"Maar jy drink nie voordat jy vra nie," sê Letjie toe Lien buk om te drink.

"Vir wie moet ek vra? Die water is dan hier vir almal!"

Letjie haal die velsakkie om haar lyf af en maak dit oop. Uit die donker dieptes haal sy iets, 'n knolletjie of 'n uintjie. Sy kniel en sit dit aan die ander kant van die waterstroompie neer. Eers toe skep sy die water met haar hand uit die helder poel en drink dit uit haar handpalm.

"Is dit soos bid, Letjie? Vir wie bid jy?"

"It is nie bid nie, it is net goeie maniere," sê Letjie.

"Nou wat moet ek doen vir goeie maniere as ek nie iets langs die water kan neersit nie?"

"Dan soek ons iets vir jou om te gee."

"Vir wie gee ons dit?"

"Vir die rivierslang. As jy net vat en niks gee nie, gryp hy jou eendag en sleep jou dieptes toe."

"Letjie! Is daar 'n slang in die rivier?"

"Die rivier is die slang, jy staan langs hom."

Lien staan 'n treetjie terug van die water. "Wat?"

"Hy sal jou niks maak as jy respekte het nie."

"As ek vir hom iets gee, sal hy dan tevrede wees?"

"Einste," sê Letjie.

Lien loop 'n entjie die veld in. Die wildesalie blom in oorvloed; as mens daarteen skuur, ruik jy salie en salie en salie en jou klere en vel ruik ook na salie. "Sal dit reg wees as ek vir hom salie pluk, Letjie? Mens kan baie lekker hoender gaarmaak daarmee."

"Is reg."

Lien pluk 'n paar takkies van die saliebos met die mooiste blomme aan. Sy kniel in die rivierbedding en sit dit langs Letjie se knolletjie aan die oorkant van die klein syferstroompie neer. En toe gaan lê Lien plat op haar maag en drink direk uit die poel skoon water. Die water is yskoud en heerlik. Dit smaak soos klip en skoon lug. Haar hele gesig is nat toe sy opstaan. "Doen jy dit áltyd, Letjie? Gee jy áltyd vir die rivier iets voordat jy water drink?" vra sy en vryf haar wange met haar trui droog.

"Ja. It is reg so."

"Ek sal dit ook doen, as jy wil."

"It is nie wat ék wil nie, it is wat die rivierslang wil."

"Ek sal dit ook doen."

Letjie bind weer die sakkie om haar lyf. "Kom," sê sy, "ek wil jou iets gaan wys."

"Wat? Wat gaan jy vir my wys?"

"Jy sal sien."

"Waar is dit?"

"Jy sal sien as ons daar kom." Lien weet dit gaan nie help om nog te vra nie, Letjie praat net wat sy wil en niks verder nie. "Jy praat te veel, Lien, kyk liewer, it is beter as praat."

Hulle loop in 'n kloof op waar Lien nog nooit voorheen was nie. Waar die kloof begin, is daar niks meer as net 'n paar plat klippe en 'n klein druppelstroompie wat afgaan na die groot rivier nie. Niemand sal kan sê dat daar verderaan 'n diep en donker skeur in die aarde is nie. Hoe verder hulle loop, hoe dieper word die kloof. Hulle loop in die skaduwee van die oorhangende kranse. Hulle loop ver op, saam met die kloof se draaie, tussen aalwyne en gifbol deur wat teen die rante groei, tussen botterboom en gannabos. Dit word al hoe klipperiger. Uiteindelik stop Letjie. Links van hulle, teen die wand van die kloof, is 'n groot oorhangkrans. Letjie begin opklim, Lien agterna. Hulle al twee is uitasem toe hulle uiteindelik onder die oorhang staan.

Die hele wêreld lê voor hulle. Hulle sien die koppe en die klowe van Klipkraal, die slingerende rivier met sy waterpoele wat blink in die son. Op die blou horison lê die knoetse van die Sederberge met 'n donkerder blou. Lien kan die bergspits sien wat soos 'n keteltjie lyk en die een wat 'n gesig het en lyk soos 'n nors ou man. Dit is verskriklik wyd en ver.

"Sjoe, Letjie, ek dink nie ek was al ooit so hoog op nie! Kyk hoe mooi lyk alles. En klein."

Letjie wys met haar hand na die rivier wat in die verte onder hulle lê. "Kan jy sien waar lê die waterslang?"

Lien sien dit. Die kronkels van die rivier is 'n lui, slapende slang wat halfpad in die growwe Karoosand weggewriemel het. Daar waar hy uitsteek, blink sy vel in die son.

"As die waterslang kwaad is, dan slaan hy die hele wêreld met sy stert, hy lig sy kop en spoeg strome water."

"Ja," sê Lien. Sy weet Letjie praat die waarheid. Sy hét al die rivier sien afkom, sy weet dat die rivier met 'n groot reën kan vol loop en alles in die droë loop met hom kan saamvat; boomstompe en klippe en klipspringers en skape en ou karre en mense en groot stukke aarde. Sy kyk na die slang wat kalm en slaperig onder hulle lê. Sy voel iets diep en geheimsinnig in haar hart roer, iets soos 'n bangheid wat nie bangheid is nie. Dit voel soos wanneer oupa Wilhelmus die ou Hollandse Bybel oopslaan en daaruit lees; mens verstaan nie wat hy lees nie, maar die woorde is verskriklik belangrik. Dit voel soos wanneer jy luister na woorde soos hijgend hert der jagt ontkomen, schreeuwend dors naar Uw genot. Of kent gij dat volk, vol heldenmoed en toch so lank geknecht.

Sy weet dat sy nooit, nooit weer water uit die rivier sal drink sonder om eers iets vir die rivierslang te gee nie.

Vir die eerste keer in haar lewe voel Lien asof sy nie 'n mens is nie. Dit voel asof sy grond is, sy voel soos klippe en harde bossies, die klippe en grond is deel van haar lyf. Lien kry trane in haar oë, waarvan weet sy nie, dit is van hierdie gevoel.

Sy wil dit vir Letjie sê, maar sy weet nie hoe nie.

"Letjie . . . Letjie . . ." fluister sy.

43

Grot

"It is nie al wat ek vir jou wil wys nie."

Letjie het reeds omgedraai. Sy stap dieper onder die krans in en verdwyn in die skaduwee. Lien sluk haar simpel trane weg. Letjie sit met haar rug teen die rotswand en kyk uit oor die kloof onder hulle. Reg onder die krans is 'n diep waterpoel; die water wat in die kloof afkom met reëntyd word in 'n natuurlike kom van klip vasgehou. Dit skyn blou in die laatmiddagson. Lien gaan sit styf teen Letjie, want dit is kouer noudat hulle nie meer beweeg nie en uit die son is.

"Dit lyk amper soos 'n swembad hier onder ons, Letjie," sê Lien. "As ek eendag my huis hier maak, dan het ek my eie drinkwater, én 'n swembad hier reg onder my. As ek reg mik, kan ek hier afspring en 'n lekker groot bom maak in die water."

"He he he . . ." lag Letjie, "as jy jou nek wil breek, en al jou ribbetjies, en al twee jou bene én nog jou arms ook, dan kan jy maar spring. Jy sal jou doodval."

"Maar dit kan ámper, nè, Letjie?"

"Ja."

"Kan ons nie vir ons 'n huis hier maak nie? Hierdie rots is amper soos 'n grot. Dis perfek. Ons is uit die wind, en dit is groot genoeg, hier's baie plek. Ag toe, Letjie, dit kan ons eie geheime plek wees, net myne en joune, niemand hoef hiervan te weet nie. Ons kom in die aande hierheen en maak 'n vuurtjie en braai wors. En ons kyk vir die veld en die bokkies wat hier kom water drink. Ek is doodseker hulle drink hier water, nè? Toe?"

Letjie sê niks, sy sit net met haar ken op haar opgetrekte knieë.

"Kan ons, Letjie? Jy maak vir ons 'n bed van kooigoed en ons slaap net hier."

"Hier slaap reeds ander mense, Lien."

"Wie?"

Letjie lê terug teen die rots en kyk op. Lien volg haar oë. Eers dink sy dat sy haar verbeel, maar sy trek haar oë op skrefies en kyk skerper. Teen die rotswand van die krans bokant hulle is daar 'n gemsbok, 'n tekening in dowwe rooi en swart. Dit lyk asof die gemsbok in die lug teen die rots-wand sweef. Hy staan mooi regop, sy lang horings na agter gebuig. Daar is nog 'n gemsbok geteken, en nog een 'n bietjie agtertoe. Lien kan haar oë nie glo nie. Sy staan op en gaan staan voor die rots. Die tekeninge is effens bokant haar kop. Sy moet terugstaan en haar nek agtertoe laat val om dit te sien. "Letjie!"

Haar oë raak gewoond aan die donkerte van die oorhang. Hoe meer sy kyk, hoe meer tekeninge sien sy raak. Voor haar teen die rotswand is 'n wye skildery van diere, mense, dinge. Sy loop dieper onder die rots in. Daar is selfs meer tekeninge in die donkerte van die oorhang. Sy kan nie alles sien nie. Klein mensfiguurtjies met lang stokke in hul hande, olifante, wildsbokke, snaakse soorte diere wat sy nog nooit gesien het nie, 'n bok met 'n mens se kop, 'n bidsprinkaan met mensbene en arms, strepies en kolletjies, alles in rooi en bruin en swart en wit in die gladde rots. Dit lyk asof alles lewe, asof die mannetjies binne 'n sekonde gaan wakker word en hul spiese na die bokke sal gooi, dit lyk asof die gemsbokke uit die rots op haar en Letjie afgestorm kom.

"Wie het dit geteken, Letjie?" fluister Lien. Sy is te bang om hard te praat, sy is bang die tekeninge word lewendig.

Letjie het opgestaan. Sy kyk saam met Lien na die rots voor hulle, om hulle, bokant hul koppe. Plek-plek raak die skilderye weg in die duisternis van die diepte, hier en daar kan mens sien dat 'n stuk rots van die wand afgebreek het. Op een plek is die rots swart gebrand, soos aan die binnekant van 'n vuurherd. Ook Letjie se stem is sag. "It is die ou, ou mense se plek, Lientjie."

"Het hulle hier gebly, Letjie?"

"Ek weet nie of hulle elke dag hier gebly het nie, dalk net as it gereën het. Maar it moes 'n goeie huis gewees het." Letjie wys na die rots met die swart roet. "Hulle het vuur gemaak hier. En die water was naby, hier onder. Hier onder die rots kon 'n tier hulle nie sommer maklik gryp nie, mens kan van ver sien as daar 'n ding aankom. Ek sou ook gekies het om hier te bly as ek moes."

"Hoekom bly jy nie hier nie? Hoekom maak jy nie jou huis hier nie?"

"Mens kom nie elke dag hier nie, net wanneer it nodig is."

Lien verstaan nie wat Letjie bedoel nie, maar sy verstaan 'n bietjie. "En die tekeninge? Waar kom dit vandaan?"

"It is die ou, ou mense se stories."

"Is dit wat jy vir my wou wys?"

Letjie knik. Sy gaan sit weer in 'n bondeltjie teen die rots. Waar sy sit, lyk sy ook soos 'n tekeninkie. 'n Stokkerige lyfie met maer bruin arms om haar bene geslaan, haar oë dun skrefies. Lien is seker daar is op haar lyf onder haar rokke nóg tekeninge.

"Hoekom wys jy dit vir my, Letjie?"

"Omdat jy 'n ster opgetel het. As iemand 'n ster optel, dan laat die ou mense toe dat jy hul stories sien."

"Mag ek iemand anders hiervan vertel, Letjie?"

Letjie antwoord nie. Lien weet wat die antwoord is. Dit is die ou, ou mense se tekeninge. Dit is die ou, ou mense se stories. Hierdie plek is haar en Letjie se geheim. Hulle s'n alleen.

"Sal jy vir my die ou mense se stories vertel, Letjie?" Letjie knik.

Die gemsbok lig sy kop op en proes saggies, kap met sy hoef teen die rotswand waarin hy vasgeverf is.

44
Haas

"It is 'n storie van die ou mense. Haas was nog baie klein toe sy ma dood is. 'Hiee hiee . . .' huil hy in die lang gras, 'waar is my ma, waar is my ma, waar is my ma?' Haas se ma kom nie terug nie, sy lê dood naby die rivier, vier pootjies in die lug. 'Hiee hiee . . .' huil die haas, want it begin donker word en daar is nog geen teken van haar nie.

"Die maan kom op oor die rant en hoor vir Haas huil. Die maan kry hom baie jammer en vra: 'Hoekom huil jy so, Hasie?'

"'My ma is dood,' huil Haas verdrietig en vee met sy voorpootjie oor sy vuil gesiggie.

"'Moenie huil nie, Haas,' sê die maan met 'n sagte stem, 'jou ma sal weer lewendig word. Môreoggend vroeg is sy weer terug by jou met 'n lekker worteltjie – net vir jou.'

"'Is nie, is nie,' huil Haas, 'my ma is weg, sy is dood en ek is heeltemal alleen.' Haas is baie bang vir die donkerte en dat hy vanaand koud gaan slaap sonder sy ma se warm blad styf teen hom.

"Die maan vervies haar 'n bietjie vir die dom hasie. 'Glo jy my nie? Dink jy ek jok vir jou?' vra sy.

"'Ja,' huil Haas, 'jy jok vir my!'

"'Kyk vir my,' sê die maan geduldig, 'ek kwyn en word

kleiner, ek gaan heeltemal weg, niemand kan my sien nie. Almal dink ek is dood en dat hulle my nooit weer sal sien nie. Maar gee net kans, net die volgende aand is ek terug. Ek lewe weer en gee aan al my kinders lig.'

" 'Maar jy is die simpel maan, jy is nie my ma nie. Ek soek my má . . . hiee hiee . . .' huil Haas.

"Die maan word baie kwaad vir Haas. 'Ek is sommer lus en slaan jou, Haas,' sê sy en word rond en rooi van die kwaaiheid.

" 'Ek gee nie om nie!' skree Haas.

"Wap! slaan die maan vir Haas 'n hou op sy mond. Sy bolippie skeur middeldeur van die harde hou. 'Jou ma is nie dood nie. Maar as jy it nie wil glo nie, dan sal it so wees soos jy it wil hê. Sy sal nie weer terugkom nie.'

"En so is it toe ook."

45
Hemel

"Ek is baie bly my ma is nie dood nie, Letjie . . ." sê Lien toe Letjie klaar die storie van Haas vertel het. "Al sê sy partykeer simpel dinge en al wil sy hê ek moet simpel dinge doen, is ek darem baie bly sy is nie dood nie."

"En as sy die dag doodgaan, wat maak jy dan?"

"Sy sal nie doodgaan nie."

"Ons almal se dag vir doodgaan is daar, myne en joune ook."

"My ma sal doodgaan as sy eenhonderd en vyf jaar oud is. Dan kan sy maar doodgaan."

"He he he . . ." lag Letjie, haar hele lyf skud soos sy lag. "Lank voorlat jou ma so oud is, sal sy vanself wil doodgaan. Niemand wil so oud wees en nog leef nie. It is tog te naar."

"Ek sal wil oud word, Letjie! Ek wil honderd wees, en jy, tweehonderd, en dan loop ek en jy nog in die veld rond en jy vertel vir my stories."

"Hie hie hie . . ." Letjie lag nou éérs. "Dan is ek lankal al 'n stokkie van oudgeit. Maar ek skat ek loop dan al lankal anderkant die Groot Rivier."

"Hoekom lag jy, Letjie? Is jy dan nie bang om dood te gaan nie?"

"Vir wat sal ek bang wees om te dood? It is net soos aan

die slaap raak en aan die ander kant van die rivier wakker word."

"Wil jy dan nie hemel toe gaan nie?"

"Ek sal vir jou wag totlat jy ook anderkant die rivier kom, dan kan ons saam hemel toe gaan. En ek sal ook na jou toe kom as it moeilik gaan met jou."

"Belowe? Steek jou vinger in jou mond en belowe, Letjie?"

Letjie steek haar kort pinkie in haar mond. "Jy weet ek lieg nie vir jou nie, Lien. Ek sal terugkom."

46
Spoor

Bedags reën dit met windstote en vlae. Jana sit by die kombuistafel voor die koolstoof en teken. Snags reën dit sag en sonder ophou; die water teen die ruite klink soos musiek.

Weet StormJana in watter taal die reën sing? Dit is nie Afrikaans nie, ook nie Engels of Zoeloe nie.

In watter taal het my ma vir my gesing, wonder Jana en luister na die reën. Was dit dalk reëntaal?

Jana kan die liedjies onthou wat haar ma vir haar gesing het toe sy nog klein was, al was dit wiegeliedjies wat haar weggevat het na 'n ander land, die land van slaap en drome. Soms, as Jana in die bos loop, dan hoor sy tussen die bome nog steeds haar ma wat vir haar sing. Sy sing in 'n taal wat Jana nie ken nie, sy kan nie die woorde agterna sê nie, maar as sy dit hoor, dan verstaan sy alles. Haar ma sing:

Nach doiligh domhsa mo chailin a mholadh
'S ni he amhain mar bhi si rua
Bhi si mar gath greine a dhul in eadan na gloinne
Is bhi sceimh mhna na finne le mo cailín rua

Sy hoor ook haar ma se fluit. Helder note wat soos water-druppels in 'n dam val: ploenk, ploenk, ploenk . . .

StormJana verlang na haar ma en loop die nag in. Raka die Wraka slaap diep op die stoepbank waar hy nie mag slaap nie.

StormJana loop in die reën en voel hoe die druppels oor haar lyf dans, in haar hare wegkruip, in 'n watervalletjie teen haar rug afloop.

Die wind tel haar op, woer-woer haar in die lug op en waai haar in 'n wye sirkel oor die jonkershuis waar haar ma gebly het voordat sy met KleinStorm getroud is en op haar fluit onder die boom en voor die vuurherd gespeel het, waar KleinStorm nou bly omdat hy alleen wil wees in die plek wat sy vrou se huis was. Die wind waai haar oor die groothuis waar OuStorm en ouma Lien in hul koperbed lê en slaap, dit waai haar oor die ouhuis met sy houtkrip vol bottels wyn en hoenderneste vol Boesmanklippe, dit waai haar oor die kelder waar die wyn in vate rus en waar Skeelpiet besig is om 'n botteltjie wyn uit een van die tenks te tap. Die wind bring haar weer af aarde toe en sit haar saggies op Tarsis die spookperd in die shiraz se rug neer. Tarsis steier met sy voorpote in die lug, runnik en galop in die wingerd af, rivier toe. Voor die stroom water wat donderend oor die klippe en die lae bruggie bruis, draai hy om en galop weer terug met die kind wat aan sy maanhare klou. Aan die bopunt van die wingerd klim sy af.

StormJana loop na haar boom. !X'uri se vuurtjie brand met dik knoetse soetdoringhout. StormJana kruip styf teen !X'uri onder die boom se wortels in. Hulle sit en kyk in die vlamme.

"!X'uri, as die wind eers 'n meisie was en nou die wind, kan die wind dan weer eendag 'n meisie word?"

"Ja, sy kan. Maar as die wind weer 'n meisie is, dan het ons nie meer die wind nie. Wil jy eerder hê dat daar nie meer wind is nie?"

"Nee, liewer die wind, die wind die wind die wind . . ." sing StormJana.

"Die wind sien verder as die maan en die son en die sterre," sê !X'uri.

"Sien die son en die maan nie verder, oor die hele aarde, nie?" vra StormJana.

"Die maan kan nie in die dag sien nie, die sterre ook nie, hulle sien net in die nag. Die son kan weer nie in die nag sien nie, hy sien net in die dag. Dit is net die wind wat oral is en alles kan sien. Die son en die maan en die sterre loop in een pad oor die lug, maar die wind gaan net waar sy wil."

StormJana vra: "Hoe kan ek die wind vra om te soek na my ma, !X'uri?"

"Jy vra net. As die wind wil, sal sy jou help."

"Leef my ma nog, !X'uri?"

"Eers as die wind haar spore doodgewaai het, dan is sy dood."

"Kan jy nog haar spore sien?"

"Ja," sê !X'uri.

"Waar? Wys my?"

"Ek sal jou leer hoe om spore te sien, dan kan jy self kyk." !X'uri staan op. "Kom, Storm, kom kyk waar het jy vannag geloop."

Sy steek haar hand uit na die wortels bokant hulle, wys vir Jana 'n stukkie gloeiende lint wat om die boomwortel se uitsteekpunt geknoop het. "Kyk, hier het jy gestop."

Jana sien eers niks, net die krom knokkelvingers van die boomwortels. En dan sien sy dit tog, 'n stukkie van haar rooi hare wat soos 'n dowwe kooltjie vuur in die donker gloei.

!X'uri klim uit die gat en loop in die rigting waarvandaan Jana gekom het. In die donkerte is daar oral stukkies lig, die gloeiwurmpies van haar hare wat plek-plek aan die bosse en die gras vasgeknoop het. "Hier was jy, en hier . . . kan jy sien?" Jana kan nou duidelik sien waar sy geloop het, dit is soos 'n string dowwe liggies van hier tot doer in die rigting van die wingerd waardeur sy geloop het.

"Ek sien! Maar waarom het ek dit nog nooit voorheen gesien nie?"

"Omdat jy nie gekyk het nie."

"En as ek wit hare gehad het? Of swart?"

"Dan sou jy dit ook gesien het. Maar al sien jy nie jou hare nie, dan is daar ander goed waarna jy kan kyk." !X'uri buk af, reg bokant een van Jana se voetspore. "Sien jy jou voet hier in die grond?"

Jana sien haar linkervoet se spoor in die grond. Sy sien nie net een voetspoor nie, maar 'n hele ry spoortjies wat in die nat grond lê. Dit lê soos gladde rivierklippies, een bietjie links, die ander een effens regs, in 'n lang ry voor hulle uit. Dit blink in die grys lig van die reën. !X'uri buk af oor die spoor. "Sit jou hand hier, Storm."

Jana hurk langs !X'uri. Sy sit haar vingerpunte saggies in

die klein holtes wat haar hakskeen en tone in die grond gedruk het. Die lug in die spoor is warm, soos 'n hoendereier wat pas uit sy nes gehaal is.

"Kan jy voel?"

"Ja! Maar sal die reën nie my spore koud maak en wegspoel nie, !X'uri?"

"Jou hart lê in jou spore, Storm. As jou hart nog klop, dan bly jou spore warm. Al spoel die reën die spore weg, bly jou hart nog altyd hier. As jy mooi kyk, sal jy dit sien."

!X'uri buk nog laer af, sy ruik aan die spoor. Jana druk ook haar neus in die warm holtetjie. Daar is skielik 'n bakkie vol geure onder haar gesig: die reuk van haar hare, haar vel, haar asem, 'n bietjie suurlemoen, die reuk van houtvuur en reën, ouma Lien se lappieskombers wat na kamferhout ruik. Sy draai om en druk haar neus in !X'uri se voetspoor wat reg agter hulle lê. Sy ruik vir !X'uri in die spoor. Grond en vuur, !X'uri se geel lyfie, die reuk van die gai-velletjie om haar middel, bietjie boegoe, die olienhoutboom se bas. En klip.

"Sien jy nou?"

"Ja."

"Kom ons gaan sit by die vuur, dan vertel ek jou 'n storie."

!X'uri loop voor Jana uit in 'n skitterblink spoor van lig en geur en warmte.

47

Lied

!X'uri en Jana sit bo-op die olienhoutboom se stomp. !X'uri klap haar hande.

"Watter liedjie sing jy, !X'uri?" vra Jana.

"Jóú liedjie, Storm."

"Mý liedjie?"

"Ja, ek sing dit vir jou."

"Sing dat ek kan hoor?"

"Ek sal sing, maar jy moet saamsing. Eers sing ek, en dan antwoord jy. Sal jy?"

"Ja."

!X'uri begin sing:

Wie is die meisie met hare soos 'n vuur?

Jana antwoord:

Dis ek, dis ek, dis ek . . .

!X'uri gaan aan:

Wat sien die meisie met hare soos 'n vuur?

Jana begin ook haar hande klap, met dieselfde ritme as wat !X'uri haar hande klap.

Die son, die maan, 'n ster . . .

!X'uri en Jana sing om die beurt:

Wie is die meisie wat waai soos die wind?

Dis ek, dis ek, dis ek . . .

Wat soek die meisie wat dwaal soos die wind?
Die son, die maan, 'n ster . . .
Wat is die lied wat sy sing?
Die lied van die wind en water . . .

Die liedjie hou op, maar !X'uri en Jana hou aan met hande klap. Hulle klap hande tot die eerste ster in die lug begin vonkel.

48
Besluit

"Ma," sê KleinStorm vir ouma Lien, "ek wil met Ma praat."

Ouma Lien kyk na haar seun. Sy weet hoe swaar hy kry, sy weet van die groot hartseer wat hy elke dag met hom saamdra. Hy is nie meer die jong man met die gloed in sy oë wat haar kom vertel het van die meisiekind wat hom met haar fluitnote gelok en toe in haar hare toegestrik het nie. Hy het in geen jare meer gesing nie. Nie omdat hy te besig is nie, maar omdat hy nie 'n enkele noot sal kan uitkry nie. KleinStorm se hart is weg. Sy lus vir sing ook.

"Ja, Storm, ons moet praat."

"Ek was nou weer gister met die Ierse owerheid in verbinding. Daar is nog steeds niks wat hulle vir my kan sê nie. Niks. Heeltemal niks, nie 'n enkele teken of leidraad nie. Hoe is dit móóntlik, Ma?"

Ouma Lien sê niks. Daar ís niks te sê nie.

"Hulle sê vir my dat ek oor 'n paar jaar kan aansoek doen . . ." Sy stem is skor. "Aansoek doen dat sy . . ."

Hy kom nie verder nie. Hy wil daardie woord nie sê nie, want as dit eers gesê is, dan is dit 'n moontlikheid. Of 'n werklikheid.

"Dit is nou drie jaar, Ma, drie jaar vandat dit gebeur het. Ek kan nie dink dat ek ooit gereed sal wees om te vra dat die Ierse owerheid verklaar dat Deidre . . . Ma, ek kán nie. Ek sal bly hoop tot die dag dat ek weet wat regtig gebeur het . . . maar niemand kan my sê wat ek wil weet nie."

Hy laat sak sy kop in sy hande. "Wat moet ek dóén, Ma? Ek kyk elke dag vir Jana. Ek sien vir Deidre in haar, die manier waarop sy haar kop draai, hoe sy lag, haar hande wat net soos Deidre s'n lyk . . . My hart breek vir my kind, Ma! Ek weet Ma kyk mooi na haar, maar sy word wilder by die dag. Ek kan nie die werksmense kwalik neem wat haar nou al almal Stormkind noem nie. Maar wat vir 'n naam is dit vir 'n dogtertjie? Stormkind! Hè, Ma, is dit hoe dit moet wees?"

Ouma Lien bly lank stil. Uiteindelik praat sy. "Jy moet vir Jana Ierland toe vat, Storm. Laat Jana vir Deidre gaan soek. Ek dink sý sal haar kry."

"Dink Ma dat daar tog 'n moontlikheid bestaan dat . . .?"

"Storm, ek sê niks van enige moontlikheid nie. Wat ek sê, is dat jy vir Jana moet toelaat om haar ma te gaan soek."

"Nou hoe sal sy dit doen, Ma? En wanneer moet ons dit doen?"

"Sy sal op haar eie manier soek. Ek sal jou sê as sy reg is. Binnekort."

"Sal Ma saamkom?"

"Nee. Dit is iets wat sy alleen moet doen. Sy. En jy."

49
Reg

!X'uri trek 'n stuk bas van 'n denneboom se stam af. Dit is 'n groot denneboom. Die stam is vol los bas wat in groot stukke afkom. Aan die binnekant van die bas, daar waar dit teen die boom vas was, is dit sag en klam. Met 'n skerp stokkie trek !X'uri fyn strepies en kolletjies in die bas. Haar strepies en kolletjies word iets, 'n tekening, maar Jana kan nog nie sien wát nie.

"Hou jy van teken, !X'uri?"

"Ja, as mens teken vertel jy 'n storie."

"Jy hou van teken en stories vertel en klippe. Wanneer gaan ons vir jou 'n klip haal, !X'uri? Onthou, jy moet nog my pinkie afkap."

"Ons kan nou gaan."

"Goed, ek is reg!"

"Maar jou hond moet nie saamkom nie."

"Hoekom nie?"

"Nee. Dis die ou mense se plek. Hulle wil nie 'n hond daar hê nie."

Jana gaan staan voor Raka en frummel sy ore tussen haar hande. "Raka, gaan rivier toe en wag vir my by die bruggie tot ek terugkom," vra sy hom mooi.

Raka staan met 'n frons vir haar en kyk. Hy gaan lê met

sy kop op sy voorpote en tjank saggies. Asseblief, laat my saamgaan, vra hy mooi, ek sal nie pla of mense opvreet nie. Ek wil saamgaan en kyk dat jy veilig is.

"Ek is veilig! Onthou, moenie huis toe gaan nie. My pa sal my kom soek as hy jou sien en ek is nie by nie. Wag onder die brug vir my. Toe?"

Raka begin stadig wegloop, stop en draai weer terug na Jana.

"Ek gaan nie lank weg wees nie, Raka! !X'uri sal sorg dat ek veilig is!"

Hy draai om en begin hardloop, rivier se kant toe. Sy spore is 'n lang ry warm kolle in die bospaadjie af. Jana kan hom in sy spore ruik, die geur van sy asem en sy blink vel. En sy liefde vir haar.

50
Weg

Toe die skape laataand teen die koppe afkom, Krisjan met sy klappende sweep agter hulle en Oubaas, die skaaphond, blaffend in 'n wye sirkel om hulle, is Skapietjie nie by die trop nie.

Lien is buite toe die skape by die kraal ingaan. "Waar is Skapietjie, Krisjan?"

"Dit is die ding," sê Krisjan.

"Watse ding, Krisjan?" Lien klim angstig op die kraal-muur om te kyk of sy die klein, klein skapie in die malende trop kan sien. Sy sien niks, sy hoor net 'n ooi onophoudelik blêr.

Lien se pa het ook bygekom. "Wat is fout, Krisjan?"

"Toe ek by die trop kom vanmiddag, toe skree die ma van die klein skapie. Ons kon hom nêrens kry nie, Oubaas ook nie."

Lien se trane loop. Sy weet presies wat Krisjan sê. Skapietjie is gevang deur 'n rooikat of 'n jakkals. Hy kon 'n voetjie geglip het en teen 'n krans afgeval het. Of 'n wit-kruisarend kon hom gegryp het. Al hierdie dinge hét al op Klipkraal gebeur, dit gebeur elke jaar dat hulle 'n paar lammers verloor. Lien se pa sê dit is die natuur: hulle moet dit aanvaar, dit gebeur. Mens doen wat jy kan, jy jag jakkals en sit vanghokke uit vir die rooikatte, maar teen witkruis-arend en val teen 'n krans af of siekte kan mens niks doen nie. Skapietjie se ma sal 'n nag of twee hartroerend blêr en dan vergeet dat sy 'n lammetjie gehad het. Of dalk nie.

Haar pa kom tel haar van die klipmuur af en hou haar styf vas teen sy bors. Sy snik hartverskeurend in sy baadjie.

"Ai tog, Ounooi," is al wat hy sê terwyl hy oor haar hare vryf.

Lien se ma kom ook buitentoe toe sy Lien hoor huil. Sonder dat iemand vir haar 'n woord sê, weet sy presies wat gebeur het. Krisjan staan bedremmeld by die kraal se hek. Oubaas kom lê langs hom, uitasem en met 'n tong wat uithang, baie tevrede met homself. Sy skape is mooi netjies in die kraal, sy werk is gedoen.

"Het jy jakkals of rooikat se spoor gesien, Krisjan?"

"Nee, Meneer, niks."

"Het die skape in die huiskamp gewei?"

"Ja, Meneer."

"Pappa, kan ons hom nie gaan soek nie, asseblief Pappa? Die huiskamp is mos nie so groot nie, hy kan sommer net hier naby wees! Dalk het hy net 'n bietjie afgedwaal!"

Lien se ma vat haar hand en lei haar huis toe. "Lientjie, jy ken mos vir Krisjan. Hy en Oubaas sou nie net vir Ska-pietjie gelos het nie. Hulle het deeglik na hom gesoek, daarvan kan jy seker wees. Is jy lus vir melkkos vanaand? Letjie het vir ons 'n lekker melkkos in die swart pot ge-maak."

Lien weet haar ma probeer haar troos, maar sy wil nie

eens dink aan eet nie. Wie kan eet as Skapietjie dalk dood is, wie kan iets in sy mond sit as haar skapie dalk in die nes van 'n lammervanger is en opgevreet word? Wie kan dink aan kos as Skapietjie dalk afgeval het van 'n krans en dalk nog lewendig op 'n rotslysie staan? As hy nog leef, sal hy nie die nag oorleef nie; óf 'n jakkals sal hom kry óf hy sal doodgaan van die koue.

Lien se ma maak die agterdeur oop. Letjie staan voor die koolstoof. Ook Letjie weet dadelik wat gebeur het toe sy Lien se trane sien.

Lien se ma trek 'n stoel by die kombuistafel uit en gaan sit. Sonder 'n woord haal Letjie twee bekers uit die koskas en sit dit op die tafel voor hulle neer. Sy trek die koffieketel van die stoof af en gooi koffie in die twee bekers. Dit maak 'n bol stoom bokant elke beker.

"Dankie, Letjie, dit is presies wat ons nou nodig het: 'n bietjie sterk koffie."

"Mamma, kan ek nie gaan soek nie? Dis nog nie donker nie, ek sal net soek totdat ek nie meer kan sien nie en dan dadelik terugkom. Dalk hoor Skapietjie my stem as ek roep? Asseblief, Mamma, Letjie kan saam met my gaan."

Lien se ma druk 'n beker in Lien se hande. "Lien, ken jy vir Racheltjie de Beer?"

"Racheltjie de Beer?" Lien het nog nooit van haar gehoor nie.

"Nou kom ek vertel jou. Racheltjie was 'n dogtertjie wat nét so oud was soos jy. Sy het ook op 'n plaas gebly, net soos jy, maar hulle plaas was naby die Drakensberge. Een nag het presies gebeur wat nou met jou gebeur; een van hulle kalfies het weggeraak."

Lien vat bewerig 'n slukkie van haar koffie. Sy wil nie na hierdie storie luister nie. Dit gaan 'n aaklige, aaklige storie wees, sy wil dit nie hoor nie.

"En toe besluit Racheltjie en haar kleiner boetie om die kalfie te gaan soek."

Sy wil tóg hoor wat gebeur het. "En toe?"

"Racheltjie was 'n slim meisietjie, net soos jy, en sy het die veld geken. Haar ma het toegelaat dat hulle na die kalfie gaan soek. Maar daardie aand het iets verskrikliks gebeur. Racheltjie en haar boetie het verdwaal, al hét hulle die veld goed geken. In die donker lyk dinge mos baie anders. En boonop het die weer ook nog gedraai. Dit het toegetrek en begin sneeu. Racheltjie het geweet sy en haar boetie gaan verkluim, en toe doen sy 'n slim ding, en 'n baie dapper ding, iets waarvoor sy tot vandag toe nog onthou en geëer word."

"Wat?"

"Sy het 'n hol miershoop in die veld gekry. Dit was seker maar 'n erdvark of iets anders wat agter die miere aan was en dit uitgehol het, en toe laat sy haar boetie daarin klim. Sy het geweet dit sal die warmste plekkie in die oop veld wees. Maar voordat sy haar boetie laat inklim het, het sy eers haar eie kleertjies uitgetrek en dit vir haar boetie aangetrek sodat hy warmer kan wees. Toe hy eers in die miershoop is, in 'n klein bondeltjie opgekrul, toe gaan lê sy met haar hele lyfie bo-oor die opening om hom warm te hou."

Lien begin van voor af snik.

Dit ís 'n aaklige storie.

"Racheltjie se ouers het hulle gaan soek toe hulle nie opdaag nie, maar het hulle eers die volgende dag gekry, presies net daar by die miershoop. Racheltjie was dood. Sy het verkluim in die koue, maar haar boetie was ongedeerd, hulle het hom nog lewendig uit die miershoop gehaal. Sy het sy lewe gered, al het sy self daardeur doodgegaan."

"Hoekom vertel Mamma dit vir my? Ek wil dit nie hoor nie!"

Letjie is ook hartseer, sy staan voor die stoof en vee met haar voorskoot se punt oor haar oë.

"Lientjie, dit is wat met jou ook sal gebeur as jy nou veld toe gaan, jy sal dalk ook verdwaal en dan verkluim. Het jy gesien hoe lyk dit buite? Ek sal nie verbaas wees as dit vannag kapok nie. Racheltjie is 'n heldin omdat sy haar eie lewe vir haar boetie opgeoffer het, maar in die proses is sy dood. Ek wil jou nie dood hê nie, Lien. Ek is so lief vir jou, ek wil jou baie liewer lewendig hê."

Lien vat nog 'n slukkie van die koffie. Haar koue hande om die beker raak stadig warmer. Sy dink aan Skapietjie, maar sy dink ook aan Racheltjie wat die hele nag lank haar boetie probeer warm hou het. Het sy geweet dat sy sal doodgaan?

Toe die melkkos opgeskep word, gooi Lien se ma vir haar 'n ekstra lepeltjie kaneelsuiker oor. Maar Lien kan nie eet nie. Die kos wat vir haar die lekkerste op aarde is, word dik en sleg in haar mond. Sy kan nie sluk nie.

Sy gaan klim in haar bed sonder om eers te bad en trek die donskombers heeltemal oor haar kop.

Is dit hoe dit diep onder in 'n hol miershoop voel? wonder sy.

51

Soek

Lien skrik wakker van die droom wat sy pas gehad het en sit regop in haar bed. Dis koud en donker. Haar vensterraam is nie heeltemal toe nie en dit kletter in die wind. Helder en duidelik was haar droom, so helder en duidelik dat dit nie 'n droom was nie.

Sy spring op en gryp in die donker na die klere wat sy gisteraand uitgetrek en net so op die wakis langs haar bed gelos het. Sy trek haar sokkies en tekkies aan en strik die veters styf vas. Saggies maak sy haar kas se deur oop, gryp nog 'n ekstra trui uit die rak voor haar wat sy ook oor haar kop trek. Versigtig om nie 'n geluid te maak nie, druk sy die venster heeltemal oop en klim deur. Dis koud en die wind waai, maar die maan skyn deur 'n paar los wolke. Sy kan goed genoeg sien waar sy is. Sy hardloop reguit na Letjie se matjieshuis. Letjie se vuur is dood, alles is stil en donker.

"Letjie! Letjie!" roep sy saggies.

Daar is nie 'n teken van lewe in Letjie se huis nie.

"Letjie!" roep sy harder, dringender.

Niks. Sy probeer die koue uit haar hande vryf en begin op en af spring om warmte in haar bene te kry.

"Letjie!"

Letjie se matjiesdeur swaai oop. Letjie staan in haar

nagrok, sonder 'n kopdoek. Haar hare staan in alle rigtings. "Lien! Wat maak jy hier? Kom in, jy sal verkluim!"

Letjie se huis is stikdonker, maar dit is baie warmer binne as buite.

"Ek weet waar Skapietjie is! Ek weet presies waar Skapietjie is! Kom jy saam met my?"

"Lien, is jy dan nou heeltemal mal?"

"Kom jy saam, of moet ek alleen gaan?"

"Wag, wag eers . . ." Letjie skuif na haar bed toe. Sy trek 'n vuurhoutjie en steek die kers aan wat in 'n wit enemmelblaker op die laaikassie staan. "Waar is die skapie?"

"Ek weet presies waar! En hy lewe nog! Maar ons moet gou gaan, nou dadelik, anders verkluim hy! Maak gou, Letjie!"

"Wag, wag . . . my jinning, Lien!" Letjie trek 'n rok oor haar nagrok aan en 'n dik trui wat sy tot onder haar ken toeknoop. Sy vat 'n kopdoek, bind dit om haar hare en trek haar skoene aan.

"Kom, Letjie, maak gou!"

"Wag, wag eers . . ." Letjie buk by die vuurkonka wat langs die opening van die deur staan en sit 'n paar fynhoutjies bo-op. Sy blaas-blaas in die wit as. Toe 'n vlammetjie opspring en in die fynhout begin brand, sit sy 'n paar dikker stompe in die konka. "My jinning, Lien," sê sy weer, "ek kan jou mos nie alleen laat loop nie! Onthou net, ek gaan jou nie warm hou in die veld nie, ek wil ook lewe."

"Dit is nie nodig nie, Letjie, kom net!"

Letjie maak weer haar deur toe. Hulle hardloop met die

pad af tot by die hek van die huiskamp. Hulle maak die hek oop en gaan deur, hardloop dan verder met die pad af. Ná 'n rukkie is hulle warm van die hardloop; Letjie se asem jaag. "Waarheen gaan jy tog, Lien?"

Hulle hardloop nie meer nie, maar loop net baie vinnig. "Onthou jy nog die erdvarkgat, Letjie? Toe jy vir my gesê het ek moet nooit nooit ooit my kop daarin druk nie? Jy het gesê ek moenie my hand daar indruk of inloer en kyk nie, want 'n hiëna of 'n draak lê altyd onderin en gryp jou as jy jou kop indruk om te kyk? Daar!"

"Hoe weet jy die skapie is daar?"

"Die ou mense het my kom sê!"

"Lien?"

"Ek jok nie, Letjie! Kan ons weer hardloop?"

Hulle hardloop weer, oor die eerste kop van die kamp, oor die tweede hoogte. Een of ander tyd moet hulle na regs wegdraai.

"Kan jy nog onthou waar die gat is, Letjie? Dit was naby die droë kareeboom, dit weet ek."

"Ek weet waar it is," sê Letjie, "ons moet hier opgaan."

Dit gaan stadiger toe hulle uit die pad is; die hele wêreld lê vol klippe. Die maan skyn helder genoeg deur die wolke, maar hulle moet mooi kyk om nie in 'n skoonmabos met sy baie dorings vas te loop nie.

"Daar is die karee, Letjie!" Die droë takke van die karee is bleek in die flou lig.

"Ek weet waar die gat is, nog 'n entjie aan. Skapietjie! Skapietjie!" roep Lien.

"Hou jou asem, Lien, kom liewer!" raas Letjie.

Hulle kom by die droë kareeboom. Letjie draai links weg.

"Skapietjie!" roep Lien weer.

En toe hoor hulle dit. Al twee. 'n Klein, fyn blêrtjie, nie ver van hulle nie.

"Skapietjie!" skree Lien, "ons kom, hou net uit!"

Uitasem kom hulle by die gat aan. Sonder om te aarsel duik Lien met haar kop in die diep gat in, sonder om te dink aan ystervarke of slange. Onderin lê 'n klein wit bondeltjie. Skapietjie. Sy kom weer agteruit gekruip, die lammetjie styf teen haar vasgedruk. Letjie kry Lien aan haar trui beet en help om haar uit te trek. Die lammetjie is baie swak en yskoud, maar hy lewe.

"Letjie!" huil Lien, "Letjie!" Sy sit die lammetjie saggies op die grond neer en trek die tweede trui uit wat sy aangetrek het. Versigtig draai hulle die lammetjie in die trui toe; dit is nog warm van Lien se lyf.

Letjie tel die lammetjie op. "Ek sal hom dra, Lien, jy huil te veel en jou armpies is te kort."

Hulle loop terug huis toe, die lammetjie bewerig en swak in Letjie se arms. Die wolke pak al hoe meer saam, dit word donkerder en daar is nou omtrent geen maan nie. Teen die tyd dat hulle by Letjie se huis kom, is dit heeltemal toegetrek en donker. 'n Ysige wind begin waai. Lien is baie bly dat Letjie die vuur aangesteek het, want dit is heerlik warm binne en sy gee niks om vir die bolling rook in die huisie nie.

"Wat nou, Letjie? Moet hy hier by jou bly tot môre-oggend? Moet ek hom saamvat huis toe? Moet ek hom in my bed gaan sit? Of voor die koolstoof?"

"It is die beste as hy nou by sy ma kan kom. Hy moet melk kry, it sal hom die gouste regmaak."

"Dan vat ons hom douhok toe. Ek sal vir jou die hek oopmaak."

"It is die beste so, ja,"

Hulle loop al met die draad af na die skaapkraal. Die buitelig wat deur die nag brand, gooi 'n dowwe lig oor die hele werf. Oubaas kruip uit sy hok op die agterstoep en kom opgewonde aangedraf na hulle toe.

"Sjt, Oubaas, dis net ek en Letjie, jy blaf nie nou nie!" skel Lien nog voordat hy kan begin blaf.

Hulle druk deur die skape in die kraal na die douhok waar die ooie met die lammers is. Skapietjie se ma blêr nog steeds; dit is 'n vreeslike hartseer geluid. Dit voel sommer of mens saam wil begin huil. Toe Skapietjie haar hoor, gee hy ook 'n blêrtjie en beur op in Letjie se arms. Daar is 'n woeste gemaal in die douhok. Skapietjie se ma druk tussen die ander skape en lammers deur na hulle toe, sy blêr al hoe harder en dringender. Letjie sit die skapie versigtig voor haar neer en haal Lien se trui van hom af. Die ooi is dadelik by. Sy druk vir Letjie ongeskik weg van die lammetjie. Skapietjie blêr nie meer nie, hy kry sy ma se uier beet en begin verwoed suig. Ná 'n paar sekondes begin sy stertjie te swaai.

Lien begin van voor af huil. Sy slaan haar arms om Letjie se maer lyf. "Letjie, dankie! Baie baie baie dankie!" snik sy.

"It is reg so, maar ons moet nou gaan slaap."

"Wat sê ons môre vir my pa? En vir Krisjan? As hulle nie weet dat ons vir Skapietjie gaan haal het nie, sal hulle mos nie weet waar hy vandaan gekom het nie?"

"Ons kyk maar eers wat hulle sê. Want anders is it dalk die grootste pak slae van jou lewe wat jy gaan kry."

"Maar wat sê ons as hulle vra?"

"Ek sal sê ek het hom teruggetoor."

"Sal jy dit doen, Letjie, asseblief?"

"Ek sal so sê, maar eintlik is it jý wat hom teruggetoor het! Gaan slaap nou!"

Hulle sluip oor die stil werf terug, Letjie na haar warm, rokerige matjieshuis, Lien na haar yskoue kamer.

Lien slaap niks verder daardie nag nie. Sy lê en dink aan Skapietjie se ma wat nie meer blêr nie. Aan Skapietjie wat soos Racheltjie de Beer se boetie in die erdvarkgat gelê het. En nou sy pensie vol warm melk drink en sy stertjie swaai. Sy dink aan Letjie wat saam met haar gegaan het, aan Letjie se warm huisie.

Maar veral dink sy aan die ou vrou wat haar wakker gemaak het. Wat vir haar kom sê het dat Skapietjie in die erdvarkgat geval het en nie kan uitkom nie.

Die vrou het gesê haar naam is !X'uri.

52

Cailín Rua

StormJana lê met haar wang op Raka se maag, opgekrul tussen sy voor- en agterpote. Hulle het tot by die rivier gehardloop en lank in die water en tussen die rotse gespeel. Toe Raka moeg word, het hy op die rivierwal op die sagte sand gaan lê. Jana het nog 'n rukkie lank gekyk hoe die naaldekokers oor die water vlieg en toe by hom kom lê.

Raka snork soos hy slaap, en Jana is ook nie te ver weg van diep, diep wegsink nie. Haar kop beweeg rustig saam met Raka die Rooie se asemhaling. Sy hoor hoe sy longe die lug intrek en weer uitstoot, sy hoor die bloed in sy are ruis, sy hoor hoe sy hart klop, doef, doef, hier naby haar oor. Sy hoor, sy sien hoe hy droom. Raka droom hy hardloop deur 'n veld met hoë grasse. Sy sien hoe sy voor hom uithardloop, haar rokkie in die wind, hoe sy lag en hoe hy agter haar aanhardloop, haar omhardloop en in die gras bly lê.

In die verte blink die horison baie blou. Sy wil opstaan en verder hardloop, maar hy kry haar rok tussen sy tande beet en hou haar terug.

"Raka! Los my!" sê Jana in sy droom.

Jy stop net hier, jy gaan niks verder nie!

"Ek stuur jou huis toe as jy my nie los nie!"

Ek bly net hier, ek gaan nie huis toe nie.

"Kom, Raka! Kom ons hardloop verder!"

Raka grom net vir haar en byt haar rok stywer vas tussen sy tande.

"Maar hoekom nie, Raka?"

Omdat jy by die krans hier reg voor jou gaan afval. Kan jy dan nie sien hoe hoog dit is nie?

"Watter krans?"

Die rooi krans hier voor jou. Die een wat die mense Cailín Rua noem.

Dit droom Raka en Jana droom dit ook.

53
Berg

Hulle loop hoog in die berg op, verder as die laaste voetpad. Toe hulle die voetpad verlaat, moet hulle tussen die rotse begin klim. Jana was nog nooit só hoog in die berg nie. Die wêreld word klein onder hulle. !X'uri klim voor; dit lyk asof sy nooit moeg word nie.

"!X'uri, wag eers, daar is 'n steek in my sy, ek kan nie verder nie!"

!X'uri bly staan waar sy is en draai om. Sy gaan sit op 'n groot klip en wag dat Jana tot by haar kom. "Hie hie hie . . ." lag sy vir Jana se moegheid, haar gesiggie die ene plooitjies. Toe Jana by haar is, skuif sy op sodat al twee sitplek op die klip kan kry. Stormkloof se groothuis lê ver onder hulle. Dit lyk soos 'n klein pophuisie onder die kaal takke van die eikebome. Die jonkershuis lyk nóg kleiner. Selfs haar en ouma Lien se geheime plek onder die olienhoutboom by die groot rots lyk klein, asof dit glad nie 'n groot rots en 'n groot boom is nie. Hier van bo af kan hulle al die plase in die Stormvallei sien, die huise en kelders en stalle. Alles is klein, soos speelgoed wat mens kan rondskuif.

Jana begin giggel. "Om te dink, !X'uri, my ouma en my oupa en my pa is ook nou so klein; hulle pas in daardie huisie." Sy lig haar hand op en kyk van agter haar hand na die plaas. "Kyk, die hele plaas is so groot soos my hand! Ek gaan vanaand vir my oupa sê ek het die huis en al die wingerde, ek het die hele Stormkloof in my hand vasgehou!"

!X'uri lig ook haar hand op en kyk na die vallei van agter haar hand. Haar bruin handjie is baie kleiner as Jana s'n.

"My huis is baie groter as my hand," sê sy.

"Hoe kry jy dit reg?"

"Want die hele wêreld is my huis, my huis is nie net die vallei hier onder nie!"

"!X'uri! Ek wil ook hê die hele wêreld moet my huis wees! Hoe moet ek maak?"

!X'uri kyk na Jana asof sy baie dom is. "Jy sorg net dat jy in die hele wêreld leef, dis al. Ek kan gaan net waar ek wil. Waar dit goed is, daar bly ek."

"Is dit vir jou lekker hier op Stormkloof?"

"Ja."

"En gaan jy altyd hier bly, !X'uri?"

"As ek wil. As ek verder wil gaan, dan gaan ek."

"Kan jy Ierland toe ook gaan?"

"Ja. Maar hoekom moet ek Ierland toe gaan?"

"Om my te help soek na my ma."

"Dit moet jy alleen doen."

"Jy het gesê jy sal my help!"

"Ek help jou."

"Maar hóé help jy my as jy nie wil saamgaan nie?"

"Ek wys jou, Storm, ek wys jou hoe jy moet soek."

"Wanneer kan ek my ma gaan soek, !X'uri?"

"Jy moet jou pa vra om jou daarheen te vat. En dan soek jy haar. Jy sal haar kry."

"Belowe jy, !X'uri?"

"Ek hoef nie te belowe nie, ek weet."

Jana sit lank stil en kyk uit oor die vallei. Sy verlang skielik na iets, maar sy weet nie mooi wat dit is nie. Sy wens sy kan reusetreë gee oor die berge en oor die see en oor al die lande van die wêreld totdat sy in Ierland is en haar ma gaan haal, daar waar sy vir almal wegkruip. Sy wil haar ma vir haar pa terugbring. En haar terugbring vir ouma Lien en OuStorm en Raka, want almal is lief vir haar en praat net altyd mooi van haar. Selfs Katryntjie vertel haar altyd hoe mooi haar ma was en hoe sy nooit met iemand geraas het nie, en hoe sy vir almal op haar fluit gespeel het. As mevrou Deidre op haar fluit gespeel het, sê Katryntjie, dan het die mense opgehou met werk en geluister, en dan het hulle nie geweet of hulle hartseer is of bly nie, want met die fluit se note saam het mens hartseer én bly geword.

As Jana dit hoor, dan word sy ook hartseer. En bly.

Ek weet nou hoe om 'n spoor te volg, dink Jana, ek sal kan sien waar my ma geloop het, ek sal haar stukkies hare volg tot waar sy is. En as daar nie meer hare is nie, as dit weggewaai het in die wind, dan sal ek haar voetspore optel en voel of dit nog warm is, ek sal in die spore ruik en dit volg soos !X'uri my gewys het, ek sal soek totdat ek haar gekry het. En my ma sal my dadelik herken. Sy sal opkyk en lag en sê: "Liewe, liewe Jana, ek is só bly jy het my kom haal. Kom ons gaan huis toe, nou dadelik!"

!X'uri neurie 'n deuntjie en sy begin haar hande klap, al op die maat van die wysie. Jana luister na die liedjie. Sy begin saam met !X'uri dieselfde ritme klap. Klapklap, klap klap, klapklapklap . . . oor en oor.

"Wat sing jy, !X'uri? Het die liedjie woorde?"

"Ja, wil jy hoor?"

!X'uri begin sing saam met die handeklap.

"Eendag was daar 'n steenbokkie wat in 'n groot groen bos geloop het. Die bokkie was dors en wou water drink uit 'n helder stroom diep in die bos." Klapklap, klap klap, klapklapklap . . . " 'n Groot arend kom sit naby die bokkie in 'n droë boom langs die stroom en waarsku die bokkie: Moenie hier kom drink nie, klein Steenbokkie, want daar lê 'n groot krokodil en wag vir jou in die vlak water. Sien jy, daar lê hy!" Klapklap, klap klap, klapklapklap . . . "Maar die bokkie dink hy is baie slim en sê vir die arend, ag nee wat, Arend, dit is nie 'n krokodil nie, kyk, dit is net 'n dooie blaar wat op die water dryf! Waar is die krokodil? Ek sien niks! Die bokkie buk vooroor om van die water te drink, hy sien sy eie beeld in die water lê, die water is heerlik en koel . . ." Klapklap, klap klap, klapklapklap . . . "Ewe skielik is daar 'n vreeslike waterboog wat opstyg. Die krokodil spring uit die stroom en gryp die bokkie aan sy neus. Hy sleep hom in die water in . . ." Klapklap, klap klap, klapklapklap . . . "En al wat nou oorbly, is 'n dooie blaar wat op die water dryf . . ."

Jana hou op hande klap. "!X'uri! Dit is regtig nie 'n mooi liedjie nie!"

"Hoekom nie?"

"Omdat die steenbokkie nou dood is!"

"Dit ís 'n mooi liedjie! Want nou sal jy onthou om vir Arend te luister. En jy sal kyk of dit regtig 'n blaar is op die water voordat jy drink." !X'uri lag vir Jana. Haar ogies is sommer tóé soos sy lag.

Jana lag nie saam nie, sy is sommer vies vir !X'uri. Dit is só 'n mooi wysie, maar met so 'n nare storie! "En buitendien is ek nou ook dors," brom sy.

"Hier naby ons is 'n stroompie. Ons kan daar water drink."

"Is daar 'n krokodil in die water? Ek wil nie opgevreet word nie; my pa slaan my dood as dit gebeur."

"He he he …" lag !X'uri. "Dalk is daar. Ons sal maar eers moet sien."

"Hoe weet jy waar die water is?"

"Ek bly al lank in die berg, Storm, ek weet waar die stroompie is. Hier naby. Ek kan die water ruik."

Jana het haar viesheid vergeet. Sy kan nie glo wat !X'uri sê nie. "Kan jy water ruik? Hoe doen jy dit?"

!X'uri wip van die klip af. Jana gly agterna. "As jy 'n spoor kan ruik, dan is water sommer maklik. Maak toe jou oë, Storm!"

Jana maak haar oë toe. !X'uri druk Jana se kop saggies vorentoe totdat haar voorkop teen die klip raak waarop hulle nou net gesit het. "Ruik," sê sy, "ruik hier aan die klip."

Jana maak haar oë toe en trek die geur van die klip hier voor haar diep in haar neus op.

"Wat ruik jy?"

"Klip. Dit ruik soos 'n klip."

"Ja, klip. En wat nog?"

"Ek ruik vir jou, jou vel. En ek ruik my hare."

"Ja, want ons het hier gesit, daarom kan jy ons ruik. Ruik nóg."

Jana ruik weer. Sy ruik nog steeds klip. En !X'uri se vel, en haar eie hare. Sy haal weer diep asem deur haar neus. Sy begin nou ander goed ook ruik. Dit kom eers vaagweg na haar toe aan, en dan al hoe sterker. Grond. Sy ruik grond. En dooie blare. Suikerkanne. Die hele berg is vol suiker-kanne. Hoe meer sy ruik, hoe meer dinge kom lê in haar neus. Sy ruik die berg, sy ruik boombas, 'n suikerbekkie wat hier op die klip kom sit en tjilp het. Sy is seker sy kan 'n mier ruik, 'n klein swart miertjie wat met sy fyn pootjies oor die klip geloop het. En water. Reënwater wat oor die klip gespoel en in al die klip se krakies ingevloei het. Sy maak haar oë oop. !X'uri staan voor haar, haar kop skeef. "Ek kan water ruik. Reënwater wat op die klip gelê het."

"Nou? Was dit nou so moeilik?"

"Hoekom kon ek dit nie die eerste keer ruik nie?"

"Omdat jy gedink het jy kan nie. Maak weer jou oë toe." Jana maak soos !X'uri vir haar sê.

"Ruik nou waar die stroompie is. Dis naby, jy sal dit maklik ruik."

Jana kantel haar kop boontoe, haar oë styf toe. Sy trek diep asemteue deur haar neus. Die heel eerste ding wat sy ruik, is die klip waarop sy en !X'uri gesit het. Alles wat sy in die klip geruik het, is nog steeds daar, selfs die miertjie, maar ander dinge se reuk kom ook nou nader. Sy ruik son, stroopsoet heuning, 'n droë waboom wat baie naby hulle moet staan, boegoe, die wit blommetjies van die boegoe-plante. Die geure kom al hoe skerper na haar toe aan: nat grond, nat klippe, groen mos, water. Nog steeds met haar oë toe, begin sy in die rondte draai, stadig, tot waar die geur van die water die sterkste vandaan kom. Heerlike, koue water; water wat oor klippe tuimel en eers in 'n skoon, helder poeletjie lê voordat dit verder ondertoe afval. Sy maak haar oë oop. !X'uri staan agter haar; sy kyk reguit in die rigting van 'n klofie wat voor hulle lê.

"Daar!" sê sy.

"Reg!" sê !X'uri. "Nou sal jy altyd weet waar water is. Sal jy?"

"Ja."

Hulle loop reguit na die stroompie toe. Alles wat Jana geruik en gesien het terwyl sy dit geruik het, is daar. 'n Klein maar helder stroompie water vloei tussen groen plante en mosklippe. Die water val met 'n klein watervalletjie oor 'n rotsbank en plons in 'n klein poeletjie voordat dit verder die berg af vloei. !X'uri gaan buk 'n entjie voor die stroompie. Met haar hande grawe sy in die sagte grond. Sy grawe nie baie diep voordat sy 'n klein knolletjie uit die klam grond haal nie. Sy kniel voor die poeletjie en sit die skurwe wortelknoetsie aan die ander kant van die water neer. Eers dan skep sy met haar hand van die koue water en drink dit.

"Hoekom doen jy dit, !X'uri?"

"Ek sê dankie vir die water. Ek sê dankie vir die berg wat die stroompie vir ons gemaak het en die water vir ons gee."

Jana kyk om haar rond. Sy weet nie waar sy 'n knolletjie sal kry nie. Sy kan nie soos !X'uri onder die grond sien nie, maar daar staan 'n mooi boegoebos naby hulle, een wat vol wit blommetjies is. Ouma Lien het al vir haar vertel hoe kosbaar boegoe is. Die wildeboegoe op Stormkloof is ons groen goud, sê ouma Lien altyd. Sy pluk 'n takkie af, buk oor die poeletjie en sit dit langs !X'uri se knolletjie neer.

"Dankie, berg, dankie, stroompie," sê sy voordat sy plat op haar maag gaan lê, haar gesig in die water druk en gulsig van die helder water drink.

54
Klip

Hulle klim nog hoër op. Dit voel vir Jana asof hulle nou reeds in die wolke moet rondloop, so hoog moet hulle wees, maar as sy opkyk, sien sy die pieke van die Sewe Susters nog ver bokant hulle uittroon. Dit moet seker drie dae se klim wees voordat jy op een van die Susters se koppe kan staan. Dis nou te sê ás jy daar kan uitkom, want op die hoogste pieke is daar nie grond of plante nie, dis kaal rotse wat steil en glad is. Was daar al ooit iemand reg bo-op een van die Sewe Susters?

Dit begin vir Jana al hoe meer lyk asof hulle in 'n paadjie loop, hier waar daar glad nie 'n paadjie is nie. Nie 'n voetpaadjie soos die uitgetrapte bergpaadjies bokant die wingerd nie, dit is een wat mens skaars kan sien. Sy buk laer af en kyk. Ja, sowaar, sy sien voetspore van baie mense wat hier geloop het. Sy buk nog laer af en ruik aan die grond. Sy kry !X'uri se reuk in haar vars spore, en dowwer die reuk van ander mense, mense wat sy nie ken nie.

!X'uri het gaan staan. Sy wag vir Jana. "Hier is ons, Storm."

"Hier?" Jana kyk om haar rond. Sy het gedink !X'uri sal haar klip gaan haal by 'n spesiale plek, 'n plek vol klipwerktuie wat in rye klaar gereed staan soos in 'n winkel, maar sy sien niks, nie eens een klipwerktuig nie. Dit lyk net soos enige ander plek teen die berg, 'n effense gelykte bokant 'n oorhangkrans. Sy is baie teleurgesteld. "Waar is jou klip, !X'uri?"

"Ek gaan hom nou maak."

"Maak? Ek dog dan dit is al klaar reg?"

!X'uri wil haar doodlag. "Storm, mens máák die klippe waarmee jy wil werk, jy tel dit nie net op nie!"

"Goed dan, maak jou klip. Ek wil sien hoe jy dit doen."

!X'uri se ogies trek toe soos sy lag. "Jy is darem baie haastig, Storm. Mens kry niks gedoen as jy so haastig is nie. Sit liewer net daar en rus uit, dan is jy nie so moeg as ons teruggaan nie."

!X'uri loop en soek met haar oë op die grond. Jana kyk ook wat !X'uri dalk kan raaksien, maar sy sien net grond en klippe en bosse en die oorhangkrans. Maar hoe meer sy kyk, hoe meer sien sy wat daar alles op die grond lê. Honderde klein klippies, klipskerwe wat lyk of dit van 'n groter klip afgebreek het. Sy sak op haar hurke af en tel 'n paar van die skerfies op wat die naaste aan haar lê. Aan die een kant is dit rooi en gerond, aan die ander kant is dit blou. Die rande van die skerfies is skerp. Mens kan jouself daarmee stukkend sny as jy wil, sien Jana toe sy een daarvan teen haar duim toets.

!X'uri kom sit langs haar. Sy het vier klippe in haar hande. Sy sit al vier voor haar op die grond neer. Jana kyk. Wat besonders is aan hierdie klippe, kan sy nie sien nie. Hulle lyk vir haar almal eenders, behalwe dat die een kleiner is as die ander, en blouerig van kleur.

!X'uri tel die blou klip op en hou dit in haar regterhand.

Met die ander hand tel sy een van die ander klippe op en bekyk dit van alle kante. Sy druk dit op die klipplaat voor hulle vas. Met die kleiner klip slaan sy op die groter klip, een harde hou.

'n Groot stuk splinter van die onderste klip af. Daar waar die klip gebreek het, is die klip se hart donker, dit lyk glad nie soos die buitekant van die klip nie. !X'uri tel die klip op en bekyk dit noukeurig. Sy sit dit weer neer en gee dit 'n kap aan die ander kant van die klip. Niks gebeur nie. Sy kap harder. 'n Tweede, groter splinter spring af.

"Joei! Is dít hoe mens dit doen?" skree Jana opgewonde. "Kyk hoe skerp is die klip! Kan jy dit nou gebruik?"

"Dis nog nie klaar nie." !X'uri draai die klip nog 'n paar keer in haar hande om en bekyk dit stip. "Hier," wys sy vir Jana, "net hier kap ek hom nou. Sien jy hierdie klein krakie in die klip? Net hier gaan dit breek." Sy druk die klip vas en kap. Die derde splinter breek maklik af, skoon en netjies in 'n plat vlak. Sy lig die klip op. "Ja, hy's reg." Sy weeg hom in haar klein handjie. "Maar nie heeltemal reg nie."

"Hoekom nie?" Vir Jana lyk die klip reg, presies soos haar pa se versameling klippe. Hierdie klip het net baie, baie skerper rande.

"Dis nie mý klip nie. Hy praat nie met my nie."

!X'uri vat nog 'n klip en kap. Die eerste splinter breek af. Sy bekyk die klip van alle kante. Toe gooi sy dit tussen die bosse in. "Wat doen jy nou, !X'uri?"

"Hierdie klip sal nooit werk nie. Hy gaan jou net moeite gee."

Sy vat 'n derde klip en druk dit teen die plaat vas. Die eerste splinter wat sy afkap, breek so skoon af dat dit lyk asof sy met 'n mes daardeur gesny het. Jana sit plat op haar boude en kyk met groot oë na die klip, na !X'uri se hande. !X'uri soek lank na die tweede plek op die klip waar sy moet kap. Ook hierdie splinter breek skoon af.

"Hierdie een, hierdie een . . ." begin !X'uri sing, "hierdie klip het 'n hart."

Toe sy die derde hou kap, kan Jana ook sien waarom die ander klip nie heeltemal reg is nie. Die werktuig in !X'uri se hand het skoon lyne en vlymskerp rande. Dit pas so perfek in !X'uri se hand dat dit lyk asof dit deel daarvan is.

!X'uri kyk na Jana. "Storm?"

Jana is skielik baie dors. Sy weet wat !X'uri gaan doen. Sy wil hê dat !X'uri dit moet doen. Maar noudat dit tyd is, nou is sy bang.

55
Bloed

Die pyn is verblindend skerp, skerp, skerp . . . eers soos 'n bliksemstraal en toe soos 'n lem in haar oë, in haar ore, maar veral in haar hand wat soos 'n verskietende ster voel, dit voel asof haar hand wil wegskiet van haar lyf.

Jana lê in 'n bondeltjie op die grond en huil. Haar hand is in 'n stywe vuis teen haar bors vasgedruk. Haar hele hemp is vol bloed. "Eina, eina, eina . . ." kerm sy tussen hortende asemstote deur.

!X'uri sit by haar. Ook sý huil, die trane loop oor haar geel gesiggie. Ná 'n rukkie staan sy op en loop. Sy kom terug met 'n bakkie vol water in haar hande wat sy versigtig oor Jana se voorkop uitgooi. Sy loop weer en kom ná 'n rukkie terug, 'n stuk wit wollerigheid in haar hande. Jana sien dit nie, sy lê nog steeds in 'n bondeltjie met haar oë toe, haar hande vasgeklem onder haar ken.

"Storm? Kom, kom . . . dit sal help as ek hierdie goed opsit."

Sy laat vir Jana stadig regop sit en trek versigtig haar vuiste van haar bors weg. Sy vou die toegeknelde vingers van Jana se hand stadig oop, een vir een, tot sy by die pinkie kom waarvan die eerste lit afgekap is. Sy draai die groot pluksels spinnerak wat sy onder die rotswand gekry het, oor

die bloeiende pinkie en oor haar hele hand. Sy druk die
hand weer teen Jana se bors vas. Sy gaan sit styf teen Jana,
slaan haar arms om haar en maak troostende klikgeluidjies.
"!X'i !X'ai !X'uri !X'um . . ." sing sy.

Lank sit hulle so, totdat Jana se skouers nie meer ruk nie.

56
Sweef

Dit voel vir Jana asof sy en !X'uri saam opstyg, asof hulle in die lug bokant die hoogste spits van die Sewende Suster hang, en steeds nog hoër gaan. Hoog vlieg hulle deur die lug, sweef dan liggies na onder. Maar hulle kom nooit tot heel onder nie, hulle hang halfpad stil in die lug, want kyk, iets het hul aandag getrek, iets sit vas in die skeur van die krans.

Die eerste lit van StormJana se klein vingertjie.

57

Kinders

"Storm, bedaar tog nou, die kind het seergekry, maar sy is nie dood nie."

"Ma, dit kry nóú end dat hierdie meisiekind so wild rondhol oor die plaas. Nét vandág nog kry hierdie rond-lopery en bandelose gerinkink van haar end! As ek my sonde nie ontsien nie, sluit ek haar in 'n kamer toe. Vir die res van haar lewe. Môre, oormôre gebeur daar iets wat veel erger is as 'n pinkie!"

"Dit was 'n ongeluk, Storm."

"Dit help nou veel om vir my te kom te sê dis net 'n klip wat op haar hand geval het. Sy kon dood gewees het, Ma! Sy kon êrens in 'n skeur afgeval het, sy kon daar afgeval het sonder dat een mens weet wat met haar gebeur het."

"Maar nou hét dit nie gebeur nie," probeer ouma Lien olie op troebel waters gooi, maar KleinStorm het nog nie klaar stoom afgeblaas nie.

"Ek is ook nie heeltemal tevrede met haar storie van hoe dit gebeur het nie, Ma. As 'n klip op 'n mens se hand val, dan vergruis dit jou hele hand, dit sny nie net netjies die eerste lit van jou pinkie af nie. Ek los dit nou eers, maar ek sál nog agter die kap van hierdie byl kom."

"Jy kan bly wees dat sy slim genoeg was om kop te hou.

Die spinnerak wat sy opgesit het, het die bloed gestol en die wond ontsmet."

"Van nou af bly sy by die huis."

"Ja, nè? Wat van al die kere dat ek jóú uit die berg probeer hou het? En uit die rivier en die bome? En die solder? Wat van die keer toe jy in die nag weggeloop het omdat jy in die grot daar bo in die berg wou gaan slaap? Toe jy vir 'n hele dag weg was omdat jy verdwaal het – en dit terwyl ons soos mal mense na jou soek? Kan jy nog onthou hoe jy en Sokkies Samuels die foefieslaaid oor die rivier gespan het en hoe julle jul op die rotse te pletter geval het toe die tou breek? Kan jy onthou hoe julle hier aangekom het met blou kolle en bloed en Sokkies se arm op twee plekke gebreek?"

"Ek was 'n seunskind, Ma! Dit is wat seunskinders doen."

Ouma Lien se stem is geduldig. "En Jana is 'n meisiekind, Storm. Dit is wat meisiekinders doen. Daar is nie 'n verskil nie. Hierdie soort goed gebéúr. Met álle kinders."

"As haar hand gesond is, vat ek haar na 'n sielkundige toe."

"Jy doen niks van die aard nie. Jy vat haar Ierland toe. Sy is gereed om te gaan."

58

Sterklip

Ouma Lien help Jana om haar tas te pak. Langbroeke, T-hemde, 'n warm trui, broekies, sokkies, tekkies. 'n Rokkie en sandale. Vir ingeval sy 'n rokkie moet aantrek, as hulle by tannie Muriel in Baile Uí Fhiacháin gaan kuier. En 'n reënbaadjie.

"Vir wat moet ek 'n reënbaadjie saamvat, ouma Lien? Dit maak net my tas vol!"

"In Ierland reën dit áltyd. Somer of winter, dit reën. Jy gaan dit nodig kry."

StormJana het nie 'n reënbaadjie nodig nie. StormJana se reënbaadjies hang ongebruik aan die kapstok in die voorhuis. As dit te klein word sonder dat sy dit ooit gedra het, kry iemand anders dit present, splinternuut. As dit reën, dan loop StormJana die storm in, die reën in, die wind in. Maar om haar ouma stil te kry, pak sy die reënbaadjie in.

Sy pak ook haar boomklip in, dit kom in die rugsakkie wat sy by haar hou.

"En dié, Jana? Gaan jy jou klip ook saamvat?"

"Dis my boomklip, ouma Lien."

"Hoekom vat jy dit saam?"

"Omdat, Ouma."

Omdat, ouma Lien, omdat dit eers !X'uri se klip was;

omdat !X'uri nie kan saamgaan nie, maar die klip kan. Om-
dat.

"Ek het ook iets wat ek vir jou wil saamgee." Ouma
Lien haal iets uit haar voorskoot se sak. Dit is 'n armbandjie
van hout met mooi silwerinlegwerk. Sy pas dit netjies om
Jana se arm. "Dis 'n Afrika-kunswerk, Jana, dit sal jou op die
aarde hou, want netnou vlieg jy heeltemal weg. Moenie dit
afhaal nie."

Daar kom nog iets uit ouma Lien se voorskoot. Dit is 'n
klip, effe kleiner as Jana se boomklip.

"En wat is dit, Ouma?"

"Onthou jy dat ek jou eendag gesê het ek sal vir jou 'n
klip gee?" Ouma Lien druk die klip in albei hande teen
haar bors vas. "Hierdie is my heel, heel kosbaarste besitting.
My sterklip. Ek gee dit nou vir jou, jy sal weet wat om
daarmee te doen."

Ouma Lien vou haar sterklip in Jana se hand toe. "Het
ek jou al vertel hoe ek dié klip gekry het, Jana?"

59
Ierland

Jana sit in die vliegtuig en kyk na die eiland onder haar, dit wat sy deur die los wolke kan sien. Sy sit met haar neus platgedruk teen die klein ruitjie. Ierland is wit wolke, groen velde en 'n blou, blou see.

Êrens, hier onder, is haar ma.

60

Baile Uí Fhiacháin

KleinStorm en Jana kuier 'n dag lank by tannie Muriel in die dorpie Baile Uí Fhiacháin. Muriel en haar man bly in 'n lelike, moderne huis saam met hul twee tienerseuns. Die seuns kyk skaam na die familie uit Afrika wat hulle nog nooit in lewende lywe gesien het nie, groet vir uncle Storm en Jane met monde vol tande en drade, en vat dan die pad met hul fietse en hul pelle.

Niemand woon sedert ouma Katherine Jane se dood in haar huis nie, die huis waarin Muriel en Deidre grootgeword het. Muriel neem hulle daarheen, sluit die deur vir hulle oop. Saam loop hulle deur die leë vertrekke waarin nog 'n paar meubelstukke rondstaan. Die huis is stowwerig, die tuin is verwaarloos en begroei met 'n wilde rankroos, maar dit is steeds 'n mooi huisie. Dit lyk asof die huis twee ogies het wat na die see kyk.

*W*e want to sell it, but to find a buyer in these parts of the Island is not so easy, sê Muriel en rol haar erre. People nowadays all want modern houses with a bathroom for every bedroom. Daarom staan die huisie maar net só en uitkyk oor die see. En wag.

Miskien sal ek eendag hier kom woon, dink Jana wat haar Ierse ouma in die vensterbank sien sit. Die ou vrou sit haar só en kyk en knik met haar kop toe sy sien dat Jana haar raaksien.

So, you are Deidre's little wench? You look just like me, girl! kekkel ouma Katherine Jane en verdwyn in die helder sonlig.

Jana sien haar ouma in die vensterbank sit, maar sy sien nie haar ma nie. Van Deidre is hier niks, al haar spore is weg.

KleinStorm kyk ook na die huisie met sy breë, stow-werige vensterbanke. Hy weet dat hy nooit weer hierheen sal terugkom nie.

61

Burrishoole Abbey

KleinStorm en Jana ry die volgende oggend Burrishoole Abbey toe. Hulle koop kos en koeldrank by 'n supermarkie in Newport en eet middagete op die grasperk tussen die ruïnes wat soos skelette om hulle staan. Dit is 'n dag vol groot, los wolke. Die wolke se skaduwees hang in spatsels oor die abdy en die begraafplaas. Ver onder hulle is die water van die rivier stil en donker.

Daar is nie ander mense nie, net 'n kunstenaar wat voor sy esel sit en met houtskool die toneel teken wat hy voor hom sien.

Jana eet nie veel nie, sy staan op en loop deur die geraamte van die abdy. Sy draai haar kop skuins, want sy hoor fluitmusiek op die wind.

KleinStorm hou haar dop, hy volg met sy oë waar sy loop, kyk dat sy nie wegdwaal nie.

"Pappa," sê sy toe sy terugkom en teen hom vaskruip. "Mamma is nog hier! Kan Pappa dit hoor?"

"Wat moet ek hoor, Jana?"

"Die hele lug is vol musiek. Luister!"

KleinStorm hoor die wind en die rawe se gekrys.

StormJana hoor die neuriesang van monnike. En die fluitmusiek van Deidre.

62

Noord

Dit is met 'n swaar gemoed dat KleinStorm die pad na die
noorde van Ierland vat, Cushendall toe. Die vorige keer toe
hy hier was, is sy hart uit sy borskas geruk. Ná drie jaar is sy
hart nog nie terug nie. Hy kan eintlik glad nie onthou wat
hy alles beleef het toe hy soos 'n waansinnige gesoek, gevra,
geloop, gesmeek het nie. Daardie week het hy met 'n waas
voor sy oë na die wêreld gekyk. Hy weet hy kon nie eet nie,
nie slaap nie, nie helder dink nie. Ter wille van Jana byt hy
op sy tande en dwing homself om nugter en rasioneel te
wees, want dieselfde desperaatheid van toe dreig om hom
nou ook te oorweldig.

Wat kom maak hulle eintlik hier? wonder hy. Dit is tog
onmoontlik dat Jana sal kan regkry wat geen ander mens
kon regkry nie? Maar sy ma is reg. Hulle moet klaarheid
kry, afsluiting. Hy bring Jana hierheen om haar te wys waar
haar ma grootgeword het, na die plekke wat vir haar be-
langrik was, waar sy gelukkig was. Jana het so min van haar
ma gehad, net drie jaar. As die kind haar verbeel dat sy haar
ma se fluitmusiek êrens hoor, dan is hy bly. Dan het sy ten
minste iets van haar ma. 'n Herinnering. Iets.

Hy is moeg gedink. Hy sit die radio aan. Bruce Spring-
steen se stem klink krasserig op:

I'm in a flatbed Ford carrying a heavy load
With a sweet thing sippin' on a blueberry wine . . .
Black bird slippin' in a sky of blue
All I'm thinkin' about is you, baby
All I'm thinkin' about is you . . .

63

Cushendall

Kathy O'Leary is nog steeds die eienaar en bestuurder en kok van die Skye View-gastehuis. Toe KleinStorm die bespreking doen vir hom en Jana, vir dieselfde kamer vra as die vorige keer toe hy daar was, is sy heeltemal oorstelp. No, I won't take anything from you! Please, Mr Storm, you and the lassie stay as long as you ever like!

Toe sy vir Jana sien, raak sy tranerig. Sy vou die kind in haar stewige arms toe. Sy laat haar uiteindelik los, probeer die trane uit haar oë vee met 'n sakdoekie wat sy uit haar mou haal, maar die sakdoekie is nie groot genoeg vir al haar trane nie. Lassie, lassie . . . you are the spittin' image of your beautiful mother . . . oh, my dear, oh dear . . . Shall I make you some tea? I baked some shortbread only this mornin'.

Jana se pa vat die dubbelbed in die middel van die kamer; sy kry die klein enkelbedjie teen die oorkantste muur. Hulle pak hul tasse uit en drink tee saam met Kathy in haar sitkamer met te veel meubels en ornamente wat oral op klein tafeltjies rondstaan.

Vroegaand loop hulle na 'n restaurant in die dorpie en eet warm vissop en tuisgebakte brood. Jana kry ná die ete haar eie weergawe van Ierse koffie, sonder whiskey. In 'n koppie, nie soos haar pa s'n in 'n lang glas nie. Sy eet die dik room op die koffie met 'n teelepel af en lag vir haar pa wat sy oë vir haar optrek.

Maggie McDougal kom by die restaurant in en haal haar hoedjie en serp af. Sy staan stil by die deur en kyk na almal in die restaurant. Sy sien die klein rooikopdogtertjie en haar pa wat agter in die restaurant sit, en loop reguit na hulle. Sy knik vir Storm, maar dis langs Jana dat sy bly staan. Sy vat versigtig aan Jana se hare wat los en wild oor haar skouers hang. Sy praat rustig maar ernstig, woorde in 'n taal waarvan KleinStorm nie 'n snars verstaan nie. Sy kyk Jana stip in die oë. Jana luister, kyk na die ou vrou se helderblou oë terwyl sy met haar praat. Maggie tel Jana se hand op, kyk na die armband wat sy aanhet. Sy knik en praat, vryf met knok-kelvingers oor die armband.

En toe draai sy om. Sonder om Storm te groet, sonder om iets te eet of te drink. By die deur van die restaurant draai sy om, kyk na Jana, en verdwyn in die nag.

KleinStorm tel weer sy glas op. "Nou ja," sê hy lakonies, "wat dié antie vir jou gesê het, sal ek nie weet nie, maar dit klink ernstig. Ten minste het sy van jou armband gehou."

Jana vat ook 'n slukkie uit haar koppie. Sy weet wat Maggie vir haar gesê het.

Dat sy Cailín Rua toe moet gaan, maar dat sy versigtig moet wees.

Jana en haar pa drink hul koffie klaar en stap terug na die gastehuis, deur die stil strate waar niemand meer rondloop nie.

Jana slaap diep en soet in haar bed onder 'n gehekelde

deken. KleinStorm lê die hele nag met oop oë en staar na die donker. Hy is wakker, maar hy hoor nie hoe die wind begin waai, die gordyne bol en die ruite begin klap nie.

"My lief, my lief . . . ons is hier," fluister hy. "Sal jy na ons toe kom, asseblief?"

64
Storm

Die storm bars eers laatmiddag die volgende dag met alle geweld los. Dit reën nie, maar die wind kom van die noordekant oor die see en tref die land met die geweld van 'n klein tsoenami; rukwinde en branders wat die soutsproei en bolle skuim in die strate van die dorpie indryf.

Die mense van Cushendall is gewoond aan hierdie storms en trek hulle terug in hul huise. Hulle steek kaggelvure aan, grendel die luike en haal 'n bottel whiskey uit die kombuiskas.

Jana sit op haar bed met haar tekenboek. Sy teken vir ouma Lien 'n prentjie van Ierland. Jana teken 'n dorpie op 'n krans bokant die see, groot, wit wolke in die lug, 'n dogtertjie en 'n groot hond wat in die veld hardloop. Op die horison is daar nog iemand, 'n vrou wat haar arms uitstrek na die dogtertjie en die hond.

KleinStorm, wat die vorige nag nie kon slaap nie, gaan lê dwarsoor die dubbelbed en trek 'n kombers oor sy bene teen die koue. Hy begin lees aan 'n boek wat hy in die laai van die bedkassie gekry het. Dis 'n slapbandspeurverhaal vol donkieore wat 'n vorige gas klaar gelees en net daar gelos het.

Dit is nie lank voordat KleinStorm se oë toeval nie.

Hy slaap só vas dat hy nie hoor hoe 'n luik klap-klap in die wind nie.

Toe hy wakker word, is dit van die reën wat teen die ruite kletter.

Hy lig hom op om te kyk na waar Jana op haar bed sit.

Maar sy is nie daar nie.

65

Spoor

StormJana hardloop in die wind, die storm in haar hare. Dit is heerlik, die reën, die wind, die see se branderskuim wat in haar gesig waai. Sy wil opstyg en vlieg, saam met die wolke tuimel, bolmakiesie slaan, sweef. Sy sprei haar arms uit en hardloop. Al met 'n systraatjie langs hardloop sy, ver- by die huisies wat met toe ogies teen die onweer staan.

Dis nie lank voordat sy uit die dorpie en in die weivelde buite die dorp is nie.

Sy weet presies waarheen sy gaan, want kyk, sy hardloop al met die glinsterspoor langs wat sy al die eerste dag gesien het. Voor haar is 'n spoor van stukkies rooi hare wat glim in die halflig. Dit het hier en daar vasgehaak: teen 'n posbus, teen die skurwe oppervlak van 'n randsteen, die laaste lamp- paal voor jy by die dorp uitgaan, 'n boomstam, 'n struik, 'n draad. StormJana gaan staan onder 'n boom waar 'n paar skape teen die wind skuil. Onder teen die stam is daar 'n voetspoor. Dit is dof en opgevul met sand en takkies en blare, maar dit is daar.

Sy buk af, ruik aan die spoor. Sy ruik die skape se wol, die klam grond van Ierland, die see.

En toe ruik sy haar ma. Sy ruik haar ma se vel, haar soet asem.

Sy kom orent. Haar armband haak aan een van die boom se sytakkies vas en sy maak dit versigtig los. Sy sukkel met haar een hand; dis asof die boom haar wil vashou.

Verder hardloop StormJana, totdat sy die dorp glad nie meer kan sien nie. Dis net sy in die oopte en die woeste see wat sy op die horison kan sien. Reguit na die see hardloop sy, na waarheen haar ma haar lei.

En toe is Raka skielik by haar. Hy kry haar hemp beet en byt vas. Sy word tot stilstand geruk, sy val grond toe, in 'n hopie bo-op hom.

"Raka!" roep sy. "Wat soek jy hier? Los my!" Sy probeer haar losruk, maar hy het haar stewig beet.

Ek los jou nie.

"Ek kan nie nou hier by jou bly nie, ek weet waar my ma is!"

Ek los jou nie, ek stap saam met jou.

Sy staan op, vee die grond op haar hande teen haar langbroek af. "Oukei, ons stap. Maar ons gáán."

Hulle loop, StormJana en Raka. Hulle loop stadig en besadig, tot by 'n paal met 'n inligtingsbord wat in Engels en Iers en met baie uitroeptekens waarsku teen die afgrond van Cailín Rua wat meer as 200 meter diep is. Die rotsreeks het verskeie diep inhamme en word Cailín Rua genoem, sê die bordjie. The Red-Headed Girl. Omdat die ruwe rooi rotskoppe beeldskoon en verleidelik is. Maar ook verraderlik. Van hierdie uitkykpunt kan besoekers op 'n helder dag die weerboei in die see sien. Die boei het al 'n golf met 'n rekordhoogte van 20,4 m aangeteken, die hoogste golf in

Ierse waters. Ook 'n windsterkte van 87 mpu (140 km/h) is al aangeteken.

Jana kan nie lees wat op die bordjie staan nie. Die waarskuwing het vir haar geen betekenis nie.

Agter die paal met die bord is 'n lae klipmuurtjie gebou om te keer dat mense en diere verder kan loop. Jana klim nie oor die muurtjie nie, maar draai links. Sy loop parallel met die krans, al met die muurtjie langs, weg van waar die mense gewoonlik staan en uitkyk. Sy loop al op haar ma se spoor.

Tot waar die muurtjie ophou.

Op die rand van die afgrond bly hulle staan, Raka skuins voor Jana. Sy hele lyf tril, hy staan rotsvas teen die wind wat hulle wil omruk. Jana kan nie beweeg nie. Onder hulle val die kranse loodreg af tot in die see waarteen die branders met harde sweepslae slaan. Die sproeimis van die branders wat teen die rotse breek, styg in 'n miswolk op, stuif oor hulle en maak hulle nat.

Jana staan en kyk. Sy sien hoe die glinsterspoor wat sy tot hier gevolg het, teen die rotse afgaan, afgaan, afgaan. En dan skielik ophou, in 'n donker dwarsskeur verdwyn, en nie weer uitkom nie.

Deur die wind se geloei hoor sy die note van Deidre se fluit, suiwer en helder bo die storm uit.

Sy gaan sit plat op die grond en druk haar gesig in Raka se trillende lyf.

66

Gevind

Toe KleinStorm die buitedeur van die gastehuis ooppluk en uitstorm, sy gesig lakenwit en vertrek, sien hy vir Jana.

Sy sit op een van die diep stoele van die stoep, haar knieë opgetrek tot onder haar ken.

"Jana!" skree hy. Hy gaan kniel voor haar, maak haar in sy arms bymekaar.

"Waar was jy? Liewe Vader van genade, meisiekind, ek het in een minuut honderd jaar ouer geword! Ek het gedog jy . . ."

"Die kamer was benoud, Pappa."

"Kom in, dis koud. Jy sal siek word." Storm se hele lyf bewe. Hy druk sy neus in sy dogtertjie se hare. Dit is klam en ruik soos bessies wat mens varsgepluk in jou mond steek. En soos reën.

"Kom ek gaan vra vir tannie Kathy om vir ons warm-sjokolade te maak. Of, ek sê jou wat, kom ons gaan drink lekker Ierse koffie in die dorp. By daardie mooi kafeetjie onder die katedraal se muur. Daar is altyd mooi musiek. Ek is ook moeg vir die kamer. Ons drink eers koffie en dan eet ons sommer daar aandete. Daar is 'n vuur in hulle kaggel. En dan wag ons vir die musikante wat later vanaand gaan kom."

67

Luister

Die storm woed twee dae lank, en toe is dit skielik oor. Die son skyn uit 'n blou, blou lug en dis warm. Nach breá an lá é? sê Kathy aan die ontbyttafel, isn't it a loooovely day? Sy vertel vir hulle hoe vinnig die weer hier by hulle kan verander. If you don't like the weather, you just wait a few wee minutes, lag sy.

Kathy skep roereiers en spek, bloedwors, gebraaide tamaties en 'n groot lepel gebakte boontjies in hul borde. Daar is ook 'n warm, ronde sodabroodjie in 'n mandjie by die botter en kaas en konfyt wat reeds op die tafel is. Jana eet 'n dik sny sodabrood met kaas en 'n bietjie van die eier en die wors, maar die res is te veel vir haar. Haar pa eet alles op wat op sy bord is, én ook nog Jana se stukkie bloedwors wat in haar bord oorgebly het.

"Lekker," sê hy. "Ander mense gril vir bloedwors, maar nie ek nie. Hou jy daarvan, Jana?"

"Ja, Pappa, dis lekker. Dit smaak 'n bietjie melerig, soos rysmiere, maar dis lekker!"

Haar pa lag vir haar. "Lawwe ding, asof jy al ooit in jou lewe rysmiere geëet het. Vandag kan ons ten minste 'n entjie gaan ry, of hoe, Ounooi?"

"Kan ons gaan stap, Pappa?"

"Ja, natuurlik. Waarheen?"

"Ek sal Pappa wys."

Hulle stap deur die dorpie se klipstraatjies, verby die katedraal en by die dorpie uit.

Maggie McDougal trek die blokkiesgordyn van haar kombuisvenster opsy en kyk hulle agterna soos hulle wegstap.

Sy maak vir 'n oomblik haar oë toe.

En glimlag.

Jana stap dieselfde pad wat sy in die storm geloop het, al op haar ma se spoor. Dit is skitterblink in die sonskyn en duidelik vir almal om te sien.

Vir dié wat wil kyk.

Sy gaan staan weer onder die boom waar sy die skape en die voetspoor gekry het. Dié keer is daar nie skape nie – hulle wei in wit bondeltjies teen die groen heuwels – maar die voetspoor is nog daar.

Sy draai af see se kant toe; haar pa is langs haar.

Naby die paal met die inligtingsbordjie vat KleinStorm haar hand. Hy gaan staan voor die paal en lees alles wat daarop staan. Hy hou Jana se hand stywer vas. Hier hét hy al gestaan, hier hét hy al oor die muurtjie geklim. Hier hét hy vir ure lank op sy maag gelê en afgekyk, met 'n verkyker die rotswand stukkie vir stukkie deursoek, elke skeur en inham bekyk. Sonder om iets vreemds op te merk.

By hierdie einste plek het hy ook vir 'n oomblik gewonder of hy nie self ook maar per ongeluk hier moet afval nie.

Dit was Jana, wat hy nou weghou van die afgrond, wat hom laat terugdraai het. Jana. En die hoop dat hy tog vir Deidre sal kry ... êrens op 'n rots bokant die see, besig om vir die monnike op haar fluit te speel.

Jana rem aan sy hand en hulle draai links af, loop al langs die muurtjie met die see aan hul regterkant. Waar die muurtjie laer word en ophou, die laaste stuk maar net 'n paar groot klippe wat uit die muur losgebreek het, waar die afgrond skielik oop en bloot voor jou afgaap, daar gaan Jana staan. Sy gaan sit plat op die grond, op 'n veilige afstand van die afgrond af.

Storm gaan sit langs haar. Hulle sit en kyk na die see, na die wit van wolke en die blou van die lug. Hulle kyk na die blou van 'n seemeeu se vlerk en die wit van die wilde branderperde op die see.

"Pappa," sê Jana, "Mamma is hier onder."

Storm bly baie lank stil. Uiteindelik vra hy: "Hoe weet jy dit, Jana?"

"As Pappa stil bly en luister, sal Pappa dit hoor."

"Wat moet ek hoor, Jana?"

Sy gaan agter hom op haar knieë staan, druk sy oë toe met haar hande.

KleinStorm sit op die grond met sy dogtertjie se handjies oor sy oë, haar lyfie warm teen sy rug.

"Luister, Pappa!"

KleinStorm hoor seemeeue. Hy hoor die dowwe dreuning van die branders teen die rotse ver onder hulle. Vir 'n lang ruk hoor hy niks anders as seemeeue en branders nie.

Vir 'n lang ruk voel hy niks anders as sy dogtertjie se lyf en haar hartklop teen sy rug nie.

En toe hoor hy dit wel. Die helder note van Deidre se fluit.

68

Afskeid

"Ek wil iets vir Mamma gee, Pappa. Ek wil vir haar sê ek was hier, ek het haar gekry."

"Het jy iets om te gee?"

Jana haal iets uit haar broeksak, toegevou in haar hand.

"Wat is dit, Ounooi?"

Jana maak haar vingers oop, wys vir haar pa die klip wat op haar handpalm lê. "Dit is ouma Lien se sterklip. Sy het dit vir my gegee."

Jana staan op, stap versigtig tot op die rand van die krans. Sy laat die ster los, sien hoe dit loodreg val en dan 'n uitstaande rots tref. Die ster bons op, verander van rigting. En dan val dit verder af, reguit in 'n donker skeur waar Deidre O'Donnell-Van Deventer se spoor doodloop.

69
Tankwa

Daar bly al jare lank nie meer iemand op die plaas in die Tankwa-Karoo nie, dit word bevolk deur klipspringers en ribbokke en duikers. En klippe. En blomme in die vroeglente as dit goed gereën het.

OuStorm en ouma Lien kom nog soms hierheen in die sagter maande as dit nie té erg warm of té koud is nie. Hulle maak die deure en luike van die huisie oop, jaag die spinnekoppe en stof met 'n besem by die deur uit en maak vuur met groot doringstompe in die groot vuurherd.

Ouma Lien en Jana sit op 'n kombers in 'n ooptetjie in die klipveld 'n entjie weg van die huis. Raka het langs hulle aan die slaap geraak. Hy kreun in sy slaap. Hulle het Ou-Storm en KleinStorm by die huis gelos: Hulle sit nog by die takvuur wat KleinStorm aangepak het nadat hulle vleis gebraai en geëet het.

Dit is donkermaan. Die Melkweg lê in 'n dik roomstreep oor die lug. Die hele naghemel tril van die sterre. Ouma Lien gaan lê op die naat van haar rug. Jana doen dieselfde.

"Jana, net hier waar ons nou is, het Letjie Stamboom se matjieshuis gestaan. Ek het baie nagte saam met haar voor die deur van haar huisie gesit en na die sterre gekyk. Dit is sý wat my gewys het hóé om te kyk, waar die Groot Jagter is, en die Skerpioen en die Suiderkruis. Vanaand kan ons die Skerpioen mooi sien. Sien jy? Daar!"

Ouma Lien wys met haar hand in die lug.

"Daar is sy twee knypers, daar is sy lyf, dáár krul sy stert om met die gifpotjie aan die punt. Party mense sê dit is die juweeldosie, omdat dit lyk soos 'n klein boksie vol blink diamante, maar vir my kan dit niks anders wees as die Skerpioen se gifpotjie nie."

Jana volg haar ouma se wysende voorvinger. Sy kan die Skerpioen duidelik sien hang in die lug.

Vir 'n lang ruk lê hulle net en kyk na die juwele van die nag.

En toe, sonder waarskuwing, is daar 'n verskietende ster. Dit brand met 'n helder vuurbaan deur die lug. Ouma Lien probeer konsentreer om te kyk waar die ster gaan val. Maar toe hoor sy dit, en sy vergeet om te kyk waar die ster presies val. Sy en Jana hoor dit gelyk: die sagte murmeling van stemme, vrouestemme.

En toe die klokhelder lag van !X'uri. En Letjie. En Deidre.

Erkennings en notas

1. Ek het ruim gebruik gemaak van inligting uit Pippa Skotnes se monumentale werk *Claim to the Country: The Archive of Wilhelm Bleek and Lucy Lloyd* (Jacana en Ohio University Press, 2007).

2. "An Cailín Rua" (The Red-Headed Girl) is 'n tradisionele Ierse liedjie. Die pleknaam Cailín Rua is fiktief.

3. Inligting oor die weersomstandighede in Ierland is op die internet verkry.

4. Die liriek op bl. 204 is 'n strofe uit Bruce Springsteen se liedjie "All I'm Thinkin' About" van die album *Devils & Dust* (Bruce Springsteen © 2005 Bruce Springsteen (ASCAP).

5. Van die sprokies wat in die roman voorkom, is oorspronklike Boesmansprokies, soos vervat in *Claim to the Country*. Die sprokie oor die wind is my eie. Dit is geskryf in die styl van die orale vertelling van die Boesmans.